43, rue du Vieux-Cimetière

LIVRE UN
Trépassez votre chemin

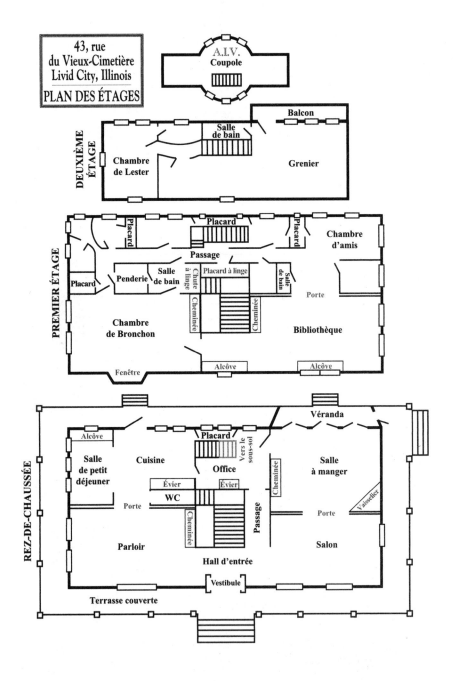

43, rue
du Vieux-Cimetière
Livid City, Illinois
PLAN DES ÉTAGES

A.I.V.
Coupole

DEUXIÈME ÉTAGE

Balcon

Salle de bain

Chambre de Lester

Grenier

PREMIER ÉTAGE

Placard

Placard

Placard

Chambre d'amis

Passage

Placard

Penderie

Salle de bain

Chute à linge

Placard à linge

Salle de bain

Porte

Chambre de Bronchon

Cheminée

Cheminée

Bibliothèque

Fenêtre

Alcôve

Alcôve

REZ-DE-CHAUSSÉE

Véranda

Alcôve

Cuisine

Placard

Vers le sous-sol

Salle de petit déjeuner

Office

Cheminée

Salle à manger

Évier

Évier

Porte

WC

Passage

Vaisselier

Cheminée

Porte

Parloir

Salon

Hall d'entrée

Vestibule

Terrasse couverte

Kate Klise

43, rue du Vieux-Cimetière

LIVRE UN

Trépassez votre chemin

Illustré par M. Sarah Klise

Traduit de l'anglais (États-Unis)
par Mickey Gaboriaud

Witty

Albin Michel Jeunesse

Titre original :
43 Old Cemetery Road, Book 1, Dying to Meet You
Édition originale publiée aux États-Unis en 2009 par Harcourt,
une division de Houghton Mifflin Harcourt Publishing Company, Boston
© Kate Klise 2009 pour le texte
© M. Sarah Klise 2009 pour les illustrations
Le droit moral de l'auteur et de l'illustrateur a été respecté.

Tous droits réservés, y compris droits de reproduction totale ou partielle,
sous toutes ses formes.

Pour la traduction française
publiée en accord avec Houghton Mifflin Harcourt Publishing Company :
© 2012, éditions Albin Michel Jeunesse
22, rue Huyghens, 75014 Paris – www.albin-michel.fr
Loi n° 49-956 du 16 juillet 1949 sur les publications destinées à la jeunesse
Dépôt légal : second semestre 2012
ISBN : 978-2-226-24239-6 – ISSN : 2262-4333

Ceci est un recueil de courriers
et de documents authentiques
rédigés tout au long d'un été.
Ils sont tous liés aux étranges événements survenus
au 43, rue du Vieux-Cimetière,
dans la ville habituellement tranquille
de Livid City,
dans l'Illinois, aux États-Unis.

Afin de mieux
s'y retrouver,
voici les portraits
des personnes qui ont
participé aux faits
décrits dans ce livre :

Ignace Bronchon

Célèbre auteur
de livres
pour enfants

Debbie Cock

Agent immobilier

Fred Dossier

Avoué de Bronchon

Sandy
Page-Haller

Éditrice
de Bronchon

Un couple
de professeurs,
spécialistes
du paranormal

Professeurs Lino et Inès Perrance

Lester (dit « Les ») Perrance

Leur fils de onze ans...
et son chat, Mystinoir

Teddy Skray

Détective privé

Et, bien sûr,

la dame qui a fait
construire la maison
du 43, rue du
Vieux-Cimetière

(Adèle I. Vranstock est décédée
quatre-vingt-dix-sept ans avant
le début de cette histoire.)

Adèle I. Vranstock

Attention.

À partir du moment

où vous aurez tourné cette page,

les personnes qui ont réuni ces documents

déclineront toute responsabilité

en ce qui concerne les pensées,

les obsessions, les hallucinations

et les rêves (ou les cauchemars)

relatifs aux fantômes

– que ces derniers soient

sympathiques

ou non.

(On vous aura prévenu.)

Cette histoire vraie commence par une lettre
entièrement reproduite
sur la page ci-contre.

IGNACE BRONCHON

SPÉCIALISTE DES MYSTÈRES, DU GRABUGE ET DU MACABRE

400, RUE DU SUD, APP. 2B   CHICAGO, IL 60605

Le 22 mai,

Immo Ralasway
100, rue de Larnac
San Francisco, CA 94102

Madame, Monsieur,

Est-il vrai que vous louez des maisons pendant l'été ?
Si oui, veuillez m'envoyer la liste de vos propriétés
disponibles.

Je recherche un endroit tranquille afin de terminer
mon prochain livre pour enfants. (En fait, je ne l'ai pas
encore commencé mais ne le dites pas à mon éditrice.)

Merci de me répondre par courrier car j'ai débranché
tous mes téléphones. Vous n'imaginez pas comme les
éditeurs peuvent être casse-pieds quand un auteur
ne remet pas son livre dans les délais convenus.
Ils sont aussi insupportables que des mioches.

D'ailleurs, à ce sujet, il faut absolument que la maison
se trouve à bonne distance de toute école, de tout
parc ou de tout autre endroit susceptible d'abriter des
gamins. J'écris des livres pour enfants mais cela ne
veut pas dire que j'aie envie de voir ou d'entendre ces
espèces de petits monstres quand j'essaie de travailler.

Salutations distinguées,

I. Bronchon

Ignace Bronchon

100, rue de Larnac
San Francisco, CA 94102

Le 26 mai,

M. Ignace Bronchon
400, rue du Sud, App. 2B
Chicago, IL 60605

Cher Monsieur Bronchon,

Je suis ravie de recevoir une lettre de vous. Pour être honnête, je vous croyais mort !

Je suis une IMMENSE fan de vos livres. J'ai lu toute la série du *Dompteur de fantômes* quand j'étais petite. Mon préféré, c'était *Bartholomew Brown : Avez-vous rencontré le dompteur de fantômes ?* Je l'ai lu trois fois !

J'ai le plaisir de vous informer que nous avons plusieurs logements disponibles pour l'été. Vous trouverez un dépliant ci-joint.

Dites-moi si l'une de ces propriétés vous intéresse. Dans ce cas, je vous donnerai plus de renseignements et vous ferai visiter les lieux.

Nous faisons toujours le maximum pour éviter
les déceptions et les mauvaises surprises
à nos clients.

Salutations distinguées,

Debbie Cock

Debbie Cock

PS : Je suis vraiment très impatiente de lire votre
prochain livre. Mais depuis combien de temps
n'en aviez-vous pas écrit un ?

Locations vacances d'été

VILLA DANS LE MASSACHUSETTS
Vue sur l'océan

APPARTEMENT À LONDRES
À proximité des théâtres

PETIT PALAIS À LOS ANGELES
Le raffinement urbain

Nouveau catalogue !

IMMO RALASWAY

SUR LES COLLINES BRITANNIQUES
Le charme de la campagne anglaise

COIN TRANQUILLE À NEW YORK
Cachez-vous là où il est prestigieux d'être vu !

MAISON VICTORIENNE
Manoir de trente-deux pièces et demie
43, rue du Vieux-Cimetière
Livid City, Illinois

IGNACE BRONCHON

SPÉCIALISTE DES MYSTÈRES, DU GRABUGE ET DU MACABRE

400, RUE DU SUD, APP. 2B   CHICAGO, IL 60605

COURRIER TARIF RAPIDE

Le 29 mai,

Mlle Debbie Cock
Immo Ralasway
100, rue de Larnac
San Francisco, CA 94102

Mademoiselle Cock,

Je la prends. Je m'installe dans la maison
de la rue du Vieux-Cimetière dès ce week-end.

Veuillez envoyer un contrat de bail à mon avoué,
Fred Dossier. C'est lui qui s'occupe
de ma paperasserie.

Puisque vous tenez à le savoir, cela fait vingt
ans que je n'ai pas écrit un livre de la série
Le Dompteur de fantômes. Mais je ne vois vraiment
pas en quoi ce sont vos oignons.

Salutations distinguées,

I. Bronchon

Ignace Bronchon

CC : Fred Dossier, avoué
188, Nulenon Avenue
New York, NY 10016

Dossier :
Signez la totalité de ce que Mlle Cock
vous enverra et payez-la pour l'été.

IB

IMMO RALASWAY

Domaines de caractère   Maisons anciennes   Villas

100, rue de Larnac
San Francisco, CA 94102

COURRIER TARIF RAPIDE

Le 30 mai,

M. Ignace Bronchon
400, rue du Sud, App. 2B
Chicago, IL 60605

Cher Monsieur Bronchon,

Merci d'avoir répondu si rapidement. J'apprécie
votre enthousiasme mais je dois vous dire
quelque chose : je vous déconseille fortement
la maison située au 43, rue du Vieux-Cimetière.

Cela fait des années que ses propriétaires essaient
de la vendre. Personne n'en veut parce que... Oh,
c'est une longue histoire idiote !

J'ai envoyé un contrat de bail à votre avoué
comme vous me l'avez demandé mais je crois
vraiment que vous seriez beaucoup mieux
ailleurs. Puis-je plutôt vous suggérer un très

charming appartement à Londres ? Ou bien une ferme en Toscane ?

Vous trouverez ci-joint un nouveau catalogue.

Salutations distinguées,

Debbie Cock

Debbie Cock

RETOUR À L'ENVOYEUR
ABSENT POUR L'ÉTÉ

URGENT

DESTINATAIRE :

M. Ignace Bronchon
400, rue du Sud
App. 2B
Chicago, IL 60605

A.I.V.

Dimanche 1er juin

Mon très cher Lester,

N'embête pas notre nouvel invité.

C'est mon travail à moi, d'accord ?

Tendrement,

Adèle

Le 1er juin

Salut, Adèle !

Désolé. Je ne voulais pas l'embêter mais ce bonhomme me déplaît déjà. Pourrais-tu nous en débarrasser comme tu l'as fait avec les autres ?

S'il te plaît ???

Les

A.I.V.

Dimanche 1er juin

J'y compte bien, mon petit.

Mais laisse-moi d'abord m'amuser un peu avec lui. Il m'a l'air intéressant, celui-là.

Tendrement,

Adèle

➤ LA GAZETTE DE LIVID CITY ➤

Dimanche 1er juin
Rédacteur en chef :
Eddie Torial

« Nous rapportons vos secrets, vos secrets nous rapportent »

$1.50
☼ Édition du matin

Un célèbre écrivain doit passer l'été à Livid City

Ignace Bronchon, soixante-quatre ans, auteur de la fameuse série pour enfants *Le Dompteur de fantômes*, va passer l'été ici même, à Livid City.

Bronchon loue la maison du 43, rue du Vieux-Cimetière, que les habitants de la ville surnomment le manoir Vranstock. (Voir plus loin.)

Cette maison appartient aux professeurs Lino et Inès Perrance, qui essaient de la vendre.

« M. et Mme Perrance louent leur maison en attendant de trouver un acheteur », nous a révélé Debbie Cock, de l'agence Immo Ralasway.

Bronchon loue un manoir local.

Bronchon a refusé de répondre à nos questions. Il a simplement grogné « Allez-vous-en ! »

« Il travaille sur un nouveau livre de la série *Le Dompteur de fantômes* et ne veut pas être dérangé », nous a expliqué Debbie Cock au téléphone depuis son bureau, en Californie.

« Personnellement, a poursuivi Debbie Cock, je trouve qu'Ignace Bronchon n'est qu'un vieux ronchon. Mais n'allez pas écrire ça dans votre journal. »

(Désolés, Debbie. Nous rapportons vos secrets, vos secrets nous rapportent !)

Le manoir Vranstock a été conçu par une femme qui a raté sa carrière d'écrivain

Les soirées chez Adèle I. Vranstock étaient légendaires.

Il paraît logique qu'Ignace Bronchon loue le manoir Vranstock. Après tout, c'est bien pour y écrire qu'Adèle I. Vranstock a fait construire cette demeure victorienne en 1874.

Vranstock a écrit et illustré des dizaines de romans à énigmes quand elle vivait dans cette maison à deux étages. Elle y organisait des fêtes somptueuses pour toute la ville chaque fois qu'elle terminait un manuscrit.

Mais au plus grand désespoir de Vranstock, aucun éditeur n'a jamais voulu publier ses romans, très en avance sur leur temps.

Selon tous ceux qui la connaissaient, ces refus répétés avaient conduit Vranstock à fuir la société. Durant les dernières années de sa vie, cette femme (qui n'avait jamais été mariée et n'avait pas d'enfants) quittait rarement le manoir. Lorsqu'elle mourut, il y a quatre-vingt-dix-sept ans, on raconta

(à suivre page 2, colonne 1)

MANOIR *(suite de la page 1, colonne 2)*

**Le couple Perrance espérait
gagner beaucoup d'argent
avec ses recherches
sur les fantômes à Livid City.**

que l'échec de sa carrière littéraire lui avait brisé le cœur.

Selon la légende, peu avant sa mort, Vranstock aurait juré de hanter sa maison et la ville de Livid City pour l'éternité – ou bien, jusqu'à ce que l'un de ses livres soit publié.

« Ce ne sont que des sornettes », dément Ivan Derwin, propriétaire de *Livid City Antiquités*. Pourtant, certaines personnes prétendent que l'image d'Adèle I. Vranstock est apparue plusieurs fois dans un vieux miroir de sa boutique. Cependant, personne n'est jamais parvenu à la photographier.

« Si les gens veulent croire aux fantômes, c'est leur droit, ajoute Derwin. En tout cas, moi, je n'y crois pas. »

Pas plus que G.D. Cage, qui tient l'animalerie de Livid City, où Mister Poe, une tortue géante de cent quatre-vingt-dix-sept ans, semble sourire légèrement quand on prononce le nom de Vranstock.

En revanche, la patronne des *Délices de Livid City*, Bree O'Shoffour, ne fait plus de tartes aux pêches.

« On raconte que c'était le dessert préféré d'Adèle, nous explique O'Shoffour. Mais je ne dis pas que je crois aux fantômes. Je dis seulement que chaque fois que je fais une tarte aux pêches, je peux être sûre qu'elle disparaît de la grille de refroidissement. Pareil pour les muffins aux pépites de chocolat. »

Lino et Inès Perrance connaissaient bien l'histoire du manoir Vranstock avant de l'acheter il y a douze ans. Ils savaient qu'il était resté inoccupé pendant quatre-vingts ans. En tant que spécialistes du paranormal, ils voulaient prouver l'existence du fantôme d'Adèle I. Vranstock et l'étudier.

« Si le fantôme d'Adèle se manifeste, nous allons faire fortune », a déclaré Lino Perrance le jour où sa femme et lui ont emménagé rue du Vieux-Cimetière.

« Nous allons être les spécialistes du paranormal les plus riches d'Amérique, a ajouté Inès Perrance. Peut-être même du monde entier ! »

Mais malgré de nombreuses expériences, Lino et Inès Perrance n'ont trouvé aucune trace de fantôme et ils ont décidé de mettre le manoir Vranstock en vente. En ce moment, ils passent l'été en Europe, où ils donnent une conférence intitulée « Seuls les idiots (et les enfants) croient aux fantômes ».

Pour raisons professionnelles, les époux Perrance ont laissé chez eux leur fils unique, Lester.

Des livres disparaissent (encore) de la bibliothèque

Une douzaine de livres pour enfants ont disparu de la bibliothèque municipale de Livid City.

« Je ne comprends vraiment pas, s'interroge Tom Set, le bibliothécaire en chef. Il suffit d'avoir sa carte pour emprunter des livres gratuitement. Il

**Tom Set demande
qu'on lui rapporte
les livres volés.**

n'y a aucune raison de les voler. Je demande à la personne qui a pris ces livres de les rapporter. »

Les douze ouvrages manquants sont des volumes de la série *Le Dompteur de fantômes*, d'Ignace Bronchon.

Ce n'est pas la première fois que la bibliothèque municipale de Livid City a des problèmes de livres volés ou est victime de phénomènes mystérieux.

« Mais n'en disons pas plus là-dessus, d'accord ? », nous a supplié Tom Set.

IGNACE BRONCHON

SPÉCIALISTE DES MYSTÈRES, DU GRABUGE ET DU MACABRE

ADRESSE TEMPORAIRE

43, RUE DU VIEUX-CIMETIÈRE **LIVID CITY, ILLINOIS**

COURRIER TARIF RAPIDE

Le 2 juin,

URGENT

Mlle Debbie Cock
Immo Ralasway
100, rue de Larnac
San Francisco, CA 94102

Mademoiselle Cock,

Il y a un sérieux problème avec la maison que
je loue. *Un jeune garçon vit au deuxième étage.*

Je l'ai découvert ce matin en explorant les lieux.
Il loge dans une chambre minuscule. Pour s'y
rendre, il faut gravir un escalier très dangereux
et se faufiler dans un couloir biscornu.
D'ailleurs, le reste de la maison est tout aussi
tarabiscoté. La personne qui a conçu cette
baraque devait être à moitié maboule.

Mais revenons à l'enfant : il était assis sur son lit en train de dessiner. Quand je lui ai demandé son nom, il s'est brièvement tourné pour me regarder puis il a recommencé à gribouiller.

Je le soupçonne d'être responsable du mauvais accueil que j'ai reçu en arrivant dans ce trou perdu. Passons.

J'exige qu'on me débarrasse de cet enfant immédiatement.

Il y a aussi un chat. *Je suis extrêmement allergique aux chats. Il faut qu'il parte aussi.*

Veuillez me répondre par courrier. J'ai coupé le téléphone afin de ne pas être dérangé pendant que j'écris.

En homme au bord de la crise,

I. Bronchon

Ignace Bronchon

100, rue de Larnac
San Francisco, CA 94102

Le 3 juin,

M. Ignace Bronchon
43, rue du Vieux-Cimetière
Livid City, Illinois

Cher Monsieur Bronchon,

Si vous aviez lu le contrat de bail, vous auriez
remarqué la clause suivante :

**CLAUSE 102 (a) : Lester Perrance sera autorisé
à rester au 43, rue du Vieux-Cimetière. La
personne qui louera la propriété devra s'occuper
de lui et de son chat, Mystinoir, pendant toute
la durée du bail. Elle devra également rendre
l'enfant et l'animal en bonne santé à Lino et Inès
Perrance s'ils en font la demande.**

Vous m'avez demandé d'envoyer le contrat
à votre avoué, M. Fred Dossier. Il l'a signé
pour vous et m'a payée pour tout l'été.

Après avoir prélevé ma commission, j'ai transmis l'argent à Lino et Inès Perrance. (Ce sont les parents de Lester.)

Je suis désolée que vous soyez mécontent d'avoir des cohabitants mais j'ai vraiment essayé de vous prévenir.

Bonne chance pour votre livre.

Salutations distinguées,

Debbie Cock

Debbie Cock

PS : Le manoir a été conçu par Adèle
I. Vranstock. Comme vous, Mlle Vranstock
était écrivain. Cependant, ses livres n'ont jamais
été publiés. Vous trouverez peut-être
un de ses romans à énigmes niché dans un coin
de la maison. Ce pourrait être amusant !

IGNACE BRONCHON

SPÉCIALISTE DES MYSTÈRES, DU GRABUGE ET DU MACABRE

ADRESSE TEMPORAIRE

43, RUE DU VIEUX-CIMETIÈRE   LIVID CITY, ILLINOIS

Le 5 juin,

Mlle Debbie Cock
Immo Ralasway
100, rue de Larnac
San Francisco, CA 94102

Mademoiselle Cock,

Trouver et/ou lire les œuvres de cette femme
ne m'intéresse pas. Si aucun éditeur n'a voulu
de ses livres, c'est probablement qu'elle était
aussi nulle en littérature qu'en architecture.

Je m'apprête à écrire à mon avoué. Je suis
convaincu qu'il saura résoudre mon problème
et trouvera comment me débarrasser de
ces indésirables cohabitants.

En homme qui tient un mouchoir sous son nez,

I. Bronchon

Ignace Bronchon

IGNACE BRONCHON

SPÉCIALISTE DES MYSTÈRES, DU GRABUGE ET DU MACABRE
ADRESSE TEMPORAIRE

43, RUE DU VIEUX-CIMETIÈRE   LIVID CITY, ILLINOIS

COURRIER TARIF RAPIDE

Le 5 juin,

Fred Dossier
Avoué
188, Nulenon Avenue
New York, NY 10016

Dossier,

Vous m'avez mis dans un joli pétrin.
Je cherchais un endroit calme pour l'été.
J'espérais que le changement de décor
m'aiderait à écrire ce maudit treizième
volume du *Dompteur de fantômes*.

Et me voilà dans une vieille maison délabrée
qui ne tient debout que grâce à une fine
couche de peinture. Pire encore, je dois
partager ce taudis avec un jeune garçon
et son chat.

Pourquoi les parents de ce gamin le
laisseraient-ils sous ma garde ? Je n'ai jamais
trop aimé les enfants. Et j'ai horreur
des chats.

Passons. Ce que vous avez signé pour
me mettre dans ce guêpier, dé-signez-le.
Peu importe le coût. Tirez-moi de cette galère
— IMMÉDIATEMENT.

En homme qui s'arrache les cheveux,

Ignace

Ignace Bronchon

COURRIER TARIF EXPRESS

Le 6 juin,

Ignace Bronchon
43, rue du Vieux-Cimetière
Livid City, Illinois

Cher Ignace,

Ce matin, j'avais grand besoin de rire. Merci beaucoup.

Mais, plus sérieusement, vous ne pouvez pas me demander de signer un contrat dans un courrier puis m'ordonner de le « *dé*-signer » dans le suivant. Quand un contrat de bail est signé, il est signé.

En ce qui concerne l'argent, le coût ne *vous* importe peut-être pas mais, moi, je m'en soucie. Ignace, vous rendez-vous compte que vous êtes complètement ruiné ? En fait, vous êtes plus que ruiné puisque vous me devez trois mille dollars pour le taudis que vous avez loué pour l'été. Et vous avez déjà dépensé les cent mille dollars d'avance que votre éditrice vous a versés pour le nouveau *Dompteur de fantômes...* que vous n'avez *toujours pas* écrit.

41

Sandy Page-Haller a appelé hier pour demander si je savais où vous étiez et, surtout, où était votre prochain livre. Avez-vous oublié d'avertir votre éditrice que vous quittiez la ville ? Je vous ai couvert, Ignace, mais cela ne peut plus durer. Elle a dit que vous aviez déjà deux mois de retard.

Trouvez-vous un coin tranquille dans cette maison et écrivez le prochain *Dompteur de fantômes.* Je répète, Ignace : *écrivez – le – prochain – Dompteur – de – fantômes.* Vous avez besoin d'argent. À cause de vos mauvais investissements et de votre train de vie luxueux, vous êtes complètement sur la paille.

Salutations distinguées,

F. Dossier

Fred Dossier

PS : Juste pour information, le contrat vous oblige à vous occuper de Lester Perrance et de son chat jusqu'au 1er septembre. Qui sait ? ce garçon vous apportera peut-être l'inspiration qui vous fait défaut. Vous avez besoin de quelque chose (ou de quelqu'un) pour vous aider à surmonter votre angoisse de la page blanche.

IGNACE BRONCHON

SPÉCIALISTE DES MYSTÈRES, DU GRABUGE ET DU MACABRE

ADRESSE TEMPORAIRE

43, RUE DU VIEUX-CIMETIÈRE   LIVID CITY, ILLINOIS

Le 7 juin,

Fred Dossier
Avoué
188, Nulenon Avenue
New York, NY 10016

Dossier,

Ne me remerciez pas.

Si Page-Haller rappelle, dites-lui que le livre
sera terminé le 1ᵉʳ août.

Ignace

Ignace Bronchon

PS : Je ne souffre pas de l'angoisse de la page
blanche. C'est seulement que j'ai perdu l'envie
d'écrire il y a quelques années. (D'accord,
quelques décennies.) Je n'ai toujours pas envie
d'écrire mais je vais m'y mettre maintenant,
ne serait-ce que pour ne plus avoir Sandy
Page-Haller et vous sur le dos.

Le Dompteur de fantômes – volume 13

L'Énigme de la rue du Vieux-Cimetière : Le retour de Bartholomew Brown !

Chapitre 1

La maison était vieille et craquait de partout. S'il avait su *à quel point* elle était vieille et craquait de partout, Bartholomew Brown ne l'aurait jamais louée pour l'été.

Mais il l'avait louée. Et donc, le célèbre détective spécialiste des fantômes avait décidé de s'en accommoder.

« Je suppose que je peux aussi bien dompter des fantômes ici qu'ailleurs », soupira Brown devant le porche de la maison tout en dépliant un drapeau en lambeaux. C'était celui qu'il accrochait partout où il travaillait, un simple bout de tissu gris orné de jolies lettres bleues : Bartholomew Brown – Dompteur de fantômes (Renseignements à l'intérieur).

~~Le lendemain, Bartholomew Brown...~~
~~Il... Cela... Le...~~
~~Quand...~~

ARGH ! Avec tous ces soucis, il est *impossible* d'écrire !!!

IGNACE BRONCHON

SPÉCIALISTE DES MYSTÈRES, DU GRABUGE ET DU MACABRE

ADRESSE TEMPORAIRE

43, RUE DU VIEUX-CIMETIÈRE   **LIVID CITY, ILLINOIS**

Le 8 juin,

Lester Perrance
Deuxième étage
43, rue du Vieux-Cimetière
Livid City, Illinois

Lester,

À cause d'une très regrettable négligence de ma part, nous allons devoir passer l'été ensemble. Je tiens donc à établir quelques règles dans cette maison.

RÈGLEMENT INTÉRIEUR

Règle n° 1 : Tu ne me dérangeras pas quand je serai en train d'écrire.

Règle n° 2 : Tu n'entreras pas dans ma chambre et ma salle de bain.

Règle n° 3 : Tu ne te cacheras pas derrière les portes ou dans les couloirs sombres.

Règle n° 4 : Tu ne m'embêteras pas en me
demandant des autographes
ou des exemplaires dédicacés
de mes livres.

Règle n° 5 : Si nous devons communiquer,
ce sera par écrit. Tu pourras
laisser tes lettres à la porte
de ma chambre. Le reste du temps,
tu n'as pas le droit d'être au premier
étage*, qui sera à moi jusqu'à la fin
de l'été.

Si je pense à de nouvelles règles, je les ajouterai
à cette liste.

Depuis le premier étage,

I. Bronchon

Ignace Bronchon

* Sauf pour passer quand tu entres ou sors
de tes quartiers du deuxième étage.

Le 9 juin

Monsieur Bronchon,

J'ai bien lu votre règlement et j'ai aussi quelques règles
à y ajouter.

RÈGLEMENT INTÉRIEUR (suite)

Règle n° 6 : Vous ne me direz pas à quelle heure je dois
me coucher.

Règle n° 7 : Vous ne me direz ni ce que je dois manger
ni quand je dois manger.

Règle n° 8 : Vous ne passerez pas de musique de vieux
tromblon sur la chaîne hi-fi.

Règle n° 9 : Je ne vous demanderai pas d'autographe si vous
ne me demandez pas de lire vos livres. Je n'ai
jamais lu un Dompteur de fantômes de ma vie.
Je n'aime pas trop lire. Je préfère dessiner.

Règle n° 10 : Vous pouvez laisser vos lettres devant ma porte.
Le reste du temps, vous n'avez pas le droit
de monter au deuxième étage. Aucune exception.

Les Perrance

A.I.V.

Mercredi 11 juin

Lester,

Bravo, tu t'es bien défendu ! Ce Bronchon
m'a l'air d'être un sacré numéro — et quand
je dis un « numéro », je ne veux pas dire
un numéro gagnant à la loterie.

Sais-tu que ce vieux machin est coupable
de tous ces horribles livres de la série du
Dompteur de fantômes ? Je suis en train
d'en lire l'intégrale en ce moment même.

Imagine un peu : toute une collection
de livres sur un homme qui croit pouvoir
dompter des fantômes. *N'importe quoi !*

Tendrement,

Adèle

IGNACE BRONCHON

SPÉCIALISTE DES MYSTÈRES, DU GRABUGE ET DU MACABRE

ADRESSE TEMPORAIRE

43, RUE DU VIEUX-CIMETIÈRE   **LIVID CITY, ILLINOIS**

Le 12 juin,

Lester Perrance
Deuxième étage
43, rue du Vieux-Cimetière
Livid City, Illinois

Lester,

J'insiste sur le fait que tu ne dois *pas* me déranger pendant que j'essaie d'écrire. Le bruit des portes qui claquent me dérange énormément. Cela doit cesser.

De plus, tu as écrit dans ton mot que tu n'avais jamais lu un de mes livres. Pourtant, j'ai vu une pile de douze volumes du *Dompteur de fantômes* sur la table de la salle à manger quand je suis descendu prendre mon petit déjeuner ce matin.

Par conséquent, j'ajoute la règle suivante à la liste :

Règle n° 11 : Pas de mensonges.

En homme déterminé,

I. Bronchon

Ignace Bronchon

12 juin

Monsieur Bronchon,

Bien. Alors, j'ajoute ça :

Règle n° 12 : Pas d'accusations en l'air.

Je n'ai pas menti. Ce ne sont pas mes livres. Je soupçonne quelqu'un qui réside sous ce toit d'avoir encore volé des livres à la bibliothèque.

N'est-ce pas, Adèle ?

Les Perrance

IGNACE BRONCHON

SPÉCIALISTE DES MYSTÈRES, DU GRABUGE ET DU MACABRE

ADRESSE TEMPORAIRE

43, RUE DU VIEUX-CIMETIÈRE   **LIVID CITY, ILLINOIS**

Le 12 juin,

Lester Perrance
Deuxième étage
43, rue du Vieux-Cimetière
Livid City, Illinois

Lester,

Écoute-moi bien, mon petit bonhomme. Je n'ai
jamais volé un livre dans une bibliothèque
de toute ma vie. Et je m'appelle *Ignace*,
pas Adèle.

De toute façon, dans tes communiqués,
je préférerais que tu m'appelles
Monsieur Bronchon.

En homme qui est en train de perdre
sa patience au premier étage,

I. Bronchon

Ignace Bronchon

12 juin

Monsieur Bronchon,

Je connais votre nom. Je m'adressais à quelqu'un d'autre.

Elle s'appelle Adèle et elle vit sous la coupole. C'est cette partie de la maison :

C'est un fantôme,
et c'est aussi ma
meilleure amie. Il lui
arrive parfois de claquer
les portes quand elle
est énervée. Et elle
vole des livres à la
bibliothèque tous
les quatre matins.

Je suis sûr qu'elle
se présentera à
vous quand elle en
aura envie. Pas
vrai, Adèle ?

Les Perrance

IGNACE BRONCHON

SPÉCIALISTE DES MYSTÈRES, DU GRABUGE ET DU MACABRE

ADRESSE TEMPORAIRE

43, RUE DU VIEUX-CIMETIÈRE   **LIVID CITY, ILLINOIS**

Le 13 juin,

Fred Dossier
Avoué
188, Nulenon Avenue
New York, NY 10016

Dossier,

Vous allez apprécier.

Lester Perrance, mon cohabitant pour l'été,
essaie apparemment de m'effrayer pour que
je parte en affirmant qu'un fantôme du nom
d'Adèle vit sous la coupole de ce taudis.

Amusant, non ? Ce garçon doit me prendre
pour un idiot.

Je m'attaque sérieusement au livre dès demain.

Ignace

Ignace Bronchon

Le 16 juin,

M. Ignace Bronchon
43, rue du Vieux-Cimetière
Livid City, Illinois

Cher Ignace,

Très comique, cette histoire avec le gamin
et le « fantôme ». Vous devriez utiliser l'idée
dans votre livre.

D'ailleurs, à ce sujet, votre éditrice a encore appelé
ce matin. Je lui ai dit que vous aviez quitté la ville
pour raisons de famille. Elle a répondu : « Quelle
famille ? Bronchon n'a ni femme ni enfants. Je ne
pense même pas qu'il ait des amis. »

J'ai rétorqué que moi, j'étais votre ami. Elle a éclaté
de rire et ajouté : « Seulement parce qu'il vous
paie. » (Je ne lui ai pas dit qu'en vérité, vous me
devez de l'argent.)

Ignace, cela fait longtemps que je suis votre avoué.
Vous n'avez pas un plus grand fan que moi dans

le monde entier. Mais je suis inquiet. Si vous
ne vous sentez pas capable d'écrire le treizième
Dompteur de fantômes, vous devez me le dire
tout de suite afin que j'essaie de faire annuler
votre contrat avec votre éditrice. Sandy Page-Haller
exigera forcément que vous lui remboursiez
l'avance de cent mille dollars que vous avez déjà
reçue pour ce livre, mais nous tenterons
de négocier un plan de paiement – même si je ne
sais pas comment.

Dites-moi.

F. Dossier

Fred Dossier

IGNACE BRONCHON

SPÉCIALISTE DES MYSTÈRES, DU GRABUGE ET DU MACABRE

ADRESSE TEMPORAIRE

43, RUE DU VIEUX-CIMETIÈRE   LIVID CITY, ILLINOIS

Le 18 juin,

Fred Dossier
Avoué
188, Nulenon Avenue
New York, NY 10016

Dossier,

Merci de vous être occupé, une fois de plus,
des problèmes avec Page-Haller.

J'ai tout à fait l'intention de commencer
– et de finir – ce livre. Je m'enferme dans
ma chambre pour écrire dès que j'ai signé cette
lettre.

Ce livre sera terminé en deux temps,
trois mouvements.

Ignace

Ignace Bronchon

L'Énigme de la rue du Vieux-Cimetière : Le retour de Bartholomew Brown !

Chapitre 1

La maison était vieille et craquait de partout. S'il avait su *à quel point* elle était vieille et craquait de partout, Bartholomew Brown ne l'aurait jamais louée pour l'été.

Mais il l'avait louée. Et donc, le célèbre détective spécialiste des fantômes avait décidé de s'en accommoder.

Après avoir déposé sa valise dans l'entrée, Bartholomew entreprit de faire connaissance avec la maison où il allait vivre tout l'été.

Il commença par le parloir. D'un côté de la pièce se trouvait un vieux canapé usé surplombé par une peinture à l'huile représentant une femme au visage lugubre.

« Voici un visage à réveiller les morts », se dit Brown. Il était en train d'étudier le portrait quand une souris passa en courant sur sa chaussure.

Il traversa le hall d'entrée et entra dans une pièce où il ne découvrit que quelques meubles délabrés et un piano droit dont les touches jaunies faisaient penser à la dentition du squelette de quelque bête préhistorique.

~~Il...~~

~~Cela...~~

~~Le...~~ AARGH !!!

Le 18 juin,

Lester Perrance
Deuxième étage
43, rue du Vieux-Cimetière
Livid City, Illinois

Lester,

Tu enfreins la règle n° 1 qui stipule que tu ne dois pas me déranger quand j'écris. Cela comprend le fait de jouer du piano. Le bruit que produisent tes doigts quand tu martèles le clavier me donne mal à la tête.

Si tu dois vraiment jouer du piano, fais-le l'après-midi, au moment où je fais ma promenade quotidienne.

I. Bronchon

Ignace Bronchon

PS : S'il y a une seule excuse pour que les chats existent, il s'agit de l'élimination des souris. Ton chat pourrait peut-être se charger de cette tâche nécessaire au rez-de-chaussée.

19 juin

Monsieur Bronchon,

Ce n'était pas moi. Je ne sais même pas jouer du piano. Par contre, Adèle en joue très bien.

L'avez-vous enfin rencontrée ? Elle est ici en ce moment même ! L'entendez-vous ? Elle fait les cent pas sous la coupole. Elle doit être énervée après quelqu'un. Soit c'est ça, soit elle a encore perdu ses lunettes. Ça la rend toujours un peu nerveuse.

Les Perrance

PS : Mystinoir n'aime pas les souris. Il préfère la cuisine d'Adèle. Elle nous prépare à manger tous les soirs depuis que mes parents sont partis.

Moi en train de regarder Adèle préparer le dîner.

Moi en train de dîner avec Adèle et Mystinoir.

Moi en train d'écouter Adèle jouer du piano après le dîner.

IGNACE BRONCHON

SPÉCIALISTE DES MYSTÈRES, DU GRABUGE ET DU MACABRE

ADRESSE TEMPORAIRE

43, RUE DU VIEUX-CIMETIÈRE   LIVID CITY, ILLINOIS

Le 20 juin,

Mlle Debbie Cock
Immo Ralasway
100, rue de Larnac
San Francisco, CA 94102

Mademoiselle Cock,

C'est une chose que de garder un enfant
abandonné pendant l'été. C'en est une tout
autre que de garder un enfant qui souffre
d'hallucinations et/ou qui ment éhontément.

Je parle évidemment de Lester Perrance,
qui m'a informé qu'un « fantôme » du nom
d'Adèle vivait sous la coupole de cette maison
et préparait le dîner tous les soirs pour
son chat et lui.

Bien entendu, je sais parfaitement que les
enfants ont une étrange fascination pour tout ce
qui est macabre. C'est précisément grâce à cela
que j'ai gagné une véritable fortune
(que j'ai perdue depuis).

Mais, Mademoiselle Cock, le jeune Perrance fait les cent pas sous la coupole, claque les portes, vole des livres à la bibliothèque *et* martèle les touches d'un piano désaccordé à minuit. Il m'empêche d'écrire mon prochain livre, <u>raison pour laquelle j'ai loué cette maison victorienne.</u>

Si vous refusez de me rembourser le loyer, vous pourriez au moins me dire comment et où contacter les parents de ce garçon. De toute évidence, il a besoin d'aide professionnelle. J'ai l'intention d'en informer M. et Mme Perrance si vous me communiquez rapidement leur adresse d'été.

En homme responsable,

I. Bronchon

Ignace Bronchon

IMMO RALASWAY

Domaines de caractère   Maisons anciennes   Villas

100, rue de Larnac
San Francisco, CA 94102

Le 23 juin,

M. Ignace Bronchon
43, rue du Vieux-Cimetière
Livid City, Illinois

Cher Monsieur Bronchon,

Je *sais* où joindre Lino et Inès Perrance. En fait, je
suis la seule personne à savoir où ils en sont de leur
tournée de conférences. Hélas, je crains de ne pas
pouvoir vous communiquer cette information. J'ai
reçu l'ordre strict de ne *pas* les contacter à moins
d'avoir trouvé un acheteur pour leur maison.

En ce qui concerne Lester : malheureusement, je
crois bien *tout* savoir de lui. Ce garçon a réussi à
faire fuir tous les locataires et acheteurs potentiels
que j'avais trouvés pour le manoir Vranstock en
les effrayant avec ses histoires et ses imitations
de « fantômes ». Le mois dernier, il m'a même
écrit une lettre pour m'annoncer qu'il projetait
lui-même d'acheter la maison. « Il se trouve que
j'aime vivre ici avec Adèle, précisait-il. Il n'y a
que moi qui peux la voir, mais seulement quand
elle *désire* être vue, ce qui n'est pas très souvent.
Adèle tient à son intimité. Et elle n'aime pas
qu'on essaie de gagner de l'argent sur son dos
comme mes parents ont essayé de le faire. »

Il est certain que Lester a besoin d'aide professionnelle. Mais je ne peux pas vous donner l'adresse d'été de ses parents – à moins que *vous* ne souhaitiez acquérir le manoir Vranstock. Dans ce cas, ce serait avec grand plaisir que je vous mettrais en contact avec Lino et Inès Perrance !

Si cela peut vous rassurer, il n'y a aucun souci à se faire quant à la présence d'un fantôme au manoir Vranstock. Lino et Inès Perrance sont des spécialistes du paranormal de renommée mondiale. En fait, ils ont acheté la maison du 43, rue du Vieux-Cimetière dans l'espoir d'y trouver un fantôme, mais cela n'a rien donné. Au lieu de cela, tout ce qu'ils ont découvert, c'est que leur fils était encore plus sujet aux hallucinations qu'ils ne le pensaient.

Maintenant, comprenez-vous pourquoi les professeurs Lino et Inès Perrance ne voulaient pas que leur fils aille en Europe avec eux ? C'est un enfant très perturbé, et ses délires idiots risquent de nuire aux théories scientifiques de ses parents… ainsi qu'à mes chances de parvenir à vendre le manoir Vranstock.

Salutations distinguées,

Debbie Cock

Debbie Cock

PS : Comment se passe l'écriture du livre ? J'espère que travailler au treizième volume d'une série ne porte pas malheur.

IGNACE BRONCHON

SPÉCIALISTE DES MYSTÈRES, DU GRABUGE ET DU MACABRE

ADRESSE TEMPORAIRE

43, RUE DU VIEUX-CIMETIÈRE   **LIVID CITY, ILLINOIS**

Le 26 juin,

Mlle Debbie Cock
Immo Ralasway
100, rue de Larnac
San Francisco, CA 94102

Mademoiselle Cock,

Moi ? Vouloir acheter ce vieux taudis ? Je ne
crois vraiment pas.

Pas plus que je ne me laisse effrayer par
les rumeurs de cour de récréation et/ou les
mauvaises imitations de fantôme. Pourquoi ?
Pour la simple raison, Mademoiselle Cock, que
les fantômes n'existent pas.

Votre époustouflant manque de bonne volonté
pour m'aider n'a d'égal que votre ignorance
vertigineuse.

I. Bronchon

Ignace Bronchon

PS : Seuls des imbéciles illettrés tels que
vous croient à la magie noire et aux nombres
qui portent malheur. Et sachez que, malgré
les conditions lamentables dans lesquelles je
travaille, l'écriture de mon livre se passe très
bien. D'ailleurs, je vais y mettre un point final
dès que j'aurai posté cette lettre.

Le Dompteur de fantômes – volume 13

L'Énigme de la rue du Vieux-Cimetière :
Le retour de Bartholomew Brown !

Chapitre 1

La maison était vieille et craquait de partout. S'il avait su *à quel point* elle était vieille et craquait de partout, Bartholomew Brown ne l'aurait jamais louée pour l'été.

Mais il l'avait louée. Et donc, le célèbre détective spécialiste des fantômes avait décidé de s'en accommoder.

Il estima que la situation nécessitait un bon repas dans un grand restaurant. Il n'avait rien avalé depuis très tôt dans la matinée et il mourait de faim. Personne n'aurait pu autant se réjouir à l'idée d'un bon repas que Bartholomew Brown.

Mais, au moment même où il prenait son chapeau et sa veste en lin, un affreux chat s'immisça dans sa chambre avec une cuisse de poulet rôti dégoulinante de crème pendue à ses mâchoires d'animal sauvage.

L'appétit de Bartholomew Brown s'évanouit aussitôt.

« L'été risque d'être très, très long », soupira-t-il.

A.I.V.

Jeudi 26 juin

C'est exactement ce que je me dis
aussi.

Mais c'est toujours aussi ennuyeux.
Votre livre, je veux dire. Je l'ai lu
pendant votre promenade.

Adèle

Le 26 juin,

Lester Perrance
Deuxième étage
43, rue du Vieux-Cimetière
Livid City, Illinois

Lester,

Espèce de petit crétin. Comment oses-tu
qualifier mon travail en cours d'*ennuyeux*?
Et que faisais-tu dans ma chambre, d'abord?

Si tu continues à enfreindre le règlement
intérieur, je serai forcé de te punir.

Ah, très malin. Voilà qu'on se remet à claquer
les portes? Tout en jouant du piano. Je crois
que je connais un jeune garçon qui a besoin
d'une bonne fessée.

En homme qui se précipite au deuxième étage,

I. Bronchon

Ignace Bronchon

A.I.V.

Jeudi 26 juin

Si vous levez la main sur cet enfant,
vous allez le regretter.

Adèle

Le 1ᵉʳ juillet,

Fred Dossier
Avoué
188, Nulenon Avenue
New York, NY 10016

Dossier,

Je vous écris ces quelques mots depuis l'hôpital,
mais ne vous inquiétez pas. Le plus dur est passé
et je suis toujours vivant, bien qu'un peu secoué.

Jeudi dernier, vers 19 heures, il s'est produit
une chose des plus étranges. Je marchais dans
le couloir du premier étage pour aller donner
une fessée à mon cohabitant de onze ans, histoire
de lui apprendre les bonnes manières, quand
un lustre de cristal s'est décroché du plafond.

Il ne m'est pas tombé dessus – mais il s'en est
fallu de quelques centimètres seulement. Par
contre, je n'ai pas pu éviter de marcher sur des
éclats de verre, qui ont traversé mes pantoufles.
Cela m'a valu quatre points au pied gauche
et six au pied droit.

Mais voilà le plus étrange : quelques minutes
plus tôt, ce garçon qui essaie toujours de me faire
peur avec ses imitations de « fantôme » avait
glissé un mot sous ma porte pour me prévenir
que si je levais la main sur lui, je le regretterais.

À vrai dire, je *pense* que c'était lui. Je ne l'ai pas
réellement *vu de mes propres yeux* glisser le mot
sous ma porte – ni même l'écrire, d'ailleurs.
Si je n'avais pas autant de bon sens, je pourrais
penser que...

Passons. Toute cette situation est complètement
grotesque. Et oui, j'ai l'intention d'inclure *tout ça*
dans mon livre, si j'arrive à obtenir suffisamment
de calme pour *écrire*.

Inutile de répondre à ce courrier, Dossier. J'avais
juste besoin d'en parler à quelqu'un. Je me sens
déjà mieux.

Je me remets au travail sur le livre dès que je
sors de l'hôpital.

En homme résolu, bien que légèrement boiteux,

Ignace

Ignace Bronchon

2 juillet

Salut, Adèle !

Bravo pour la façon dont tu nous as débarrassés
de M. Bronchon.

Les

Le dernier jour à la maison de M. Bronchon.

A.I.V.

Jeudi 3 juillet

Mon cher Lester,

Je n'en ai pas encore fini avec M. Bronchon.
Je m'amuse trop bien avec lui ! De plus, je suis
en train de lire son journal intime. C'est bien
meilleur que l'atroce petit volume du *Dompteur
de fantômes* qu'il essaie d'écrire.

Mais parlons d'autre chose. As-tu vraiment
l'intention d'acheter ma maison ? Si tel est le cas,
il va te falloir beaucoup plus que les trente-six
dollars et soixante-quinze *cents* que tu as
économisés grâce à tes distributions de journaux.

Pourquoi ne tondrais-tu pas la pelouse de
Mme Kadavreski ? Je le ferais bien moi-même
mais que diraient les gens s'ils voyaient une
tondeuse circuler toute seule dans le jardin ?
Être invisible est souvent très pratique mais cela
a aussi ses petits inconvénients.

Si tu travailles dur aujourd'hui, samedi soir,
je ferai un poulet au paprika à la hongroise.
Vingt heures pile. Tenue correcte exigée, merci.

Cela te dérangerait-il si j'invitais M. Bronchon
à se joindre à nous ?

Tendrement,

Adèle

3 juillet

Adèle,

Mais qu'est-ce qui te prend de vouloir inviter
M. Bronchon à dîner avec nous ?

Je préfère quand il n'y a que toi, Mystinoir et moi.

Les

A.I.V.

Vendredi 4 juillet

Mon très cher Lester,

Pourquoi j'invite M. Bronchon à dîner ?
Parce que le taquiner m'amuse énormément.
Honnêtement, cela fait quatre-vingts ans que
je ne me suis pas amusée comme ça.

Tiens, le voilà qui arrive en taxi ! Oh, juste
ciel. Regarde tous ces bandages. Je ne croyais
pas qu'un lustre pouvait être aussi dangereux.

Là, je ressens vraiment une petite pointe
de culpabilité. Cette fois, c'est *certain*, je vais
l'inviter à dîner. Pauvre diable. Regarde-le
se traîner dans les escaliers pour arriver
à sa chambre. Il s'assied à son bureau. On
dirait qu'il est en train de t'écrire une lettre.

Oh là là. Je vais te laisser la lire toi-même.

Tendrement,

Adèle

IGNACE BRONCHON

SPÉCIALISTE DES MYSTÈRES, DU GRABUGE ET DU MACABRE

ADRESSE TEMPORAIRE

43, RUE DU VIEUX-CIMETIÈRE   LIVID CITY, ILLINOIS

Le 4 juillet,

Lester Perrance
Deuxième étage
43, rue du Vieux-Cimetière
Livid City, Illinois

Lester,

Apparemment, toi et moi, nous sommes partis
du mauvais pied. Enfin, si je puis dire. Mais il
nous reste encore presque deux mois complets
à vivre ensemble sous ce toit. Durant cette
période, je dois écrire un livre.

C'est pourquoi je te demande de respecter
le règlement intérieur, auquel j'ajoute ceci
à la lumière des événements récents :

Règle n° 13 : Tu ne liras pas mon manuscrit.

Règle n° 14 : Tu ne feras pas tomber du plafond
des objets dangereux (tels que
des lustres, par exemple).

J'insiste sur ces règles afin de pouvoir travailler
sur mon livre, ce que j'ai l'intention de faire
immédiatement.

I. Bronchon

Ignace Bronchon

L'Énigme de la rue du Vieux-Cimetière :
Le retour de Bartholomew Brown !

Chapitre 1

La maison était vieille et craquait de partout. S'il avait su *à quel point* elle était vieille et craquait de partout, Bartholomew Brown ne l'aurait jamais louée pour l'été.

Mais il l'avait louée. Et donc, le célèbre détective spécialiste des fantômes avait décidé de s'en accommoder.

Bartholomew Brown reprit sa valise et monta l'escalier poussiéreux jusqu'au premier étage. En descendant le long couloir, il remarqua un lustre couvert de toiles d'araignées suspendu au plafond par un fil abîmé.

« Ça, se dit Brown, c'est de la graine d'accident. »

Tandis qu'il évaluait les

A.I.V.

Vendredi 4 juillet
23 h 45

Ignace,

Vous vous êtes endormi devant votre ordinateur.
J'espère que vous ne m'en voudrez pas de vous
avoir porté dans votre lit et de vous avoir bordé.

Pour l'histoire du lustre, je vous présente mes
excuses. Cela faisait longtemps que je n'avais pas
fait quelque chose d'aussi spectaculaire. Je crois
bien que je suis un peu rouillée. (Et alors ? Vous le
seriez aussi si vous aviez cent quatre-vingt-dix ans.)

En tout cas, maintenant, vous avez un début
décent pour le livre que vous essayez d'écrire.

SITUATION DE DÉPART :

Notre personnage principal est l'auteur d'une
ennuyeuse série de livres pour enfants sur un
« dompteur de fantômes » du nom
de Bartholomew Brown.

Ce personnage s'est engagé par contrat à
écrire le treizième volume de la série mais il
est bloqué — aussi bien sur le plan créatif
que personnellement.

Il se rend dans un lieu plein de possibilités romanesques : un manoir victorien.

COMPLICATIONS :
À son arrivée, l'auteur découvre qu'un garçon de onze ans va partager la maison avec lui pendant tout l'été.

La maison est hantée par un *véritable* fantôme, qui se trouve être bien meilleur écrivain que notre personnage principal, malgré son mauvais caractère. (Encore une fois, désolée pour le lustre.)

Mais ne voyez-vous pas, Ignace ? C'est là qu'est notre conflit, un élément qui est au cœur de toute bonne histoire.

Alors, selon moi, la situation et les relations entre les personnages doivent s'accorder. L'ambiance doit changer.

Mais, tout d'abord, je m'interroge : de qui est-ce l'histoire ? Bartholomew Brown ? Je ne crois pas. Suis-je attachée à ce personnage ? Pas vraiment. Il est trop plat. Trop rigide. Complètement irréaliste.

Et l'écrivain égocentrique qui a créé Brown ?
Est-ce qu'on le retrouve dans cette histoire ?
Peut-être. Ou bien est-ce l'histoire du fascinant
fantôme ? Et où se trouve la place de l'enfant
dans tout ça ?

Tout cela est assez intéressant mais tout de même
pas vraiment passionnant : que faudra-t-il pour
que notre personnage principal (le vieil écrivain
acariâtre) croie en l'existence du fantôme ? Une
rencontre pourrait-elle l'y aider ?

Et si nous dînions ensemble gentiment samedi soir,
d'accord ?

Vous savez, Ignace, si vous vous donniez la peine
d'apprendre à connaître un véritable fantôme, vous
vous apercevriez qu'on ne peut pas nous *dompter*
comme des dauphins ou des lions de cirque.

J'essaie simplement de vous aider.

Adèle

PS : Oh, et bonne fête nationale.
Mes excuses à l'avance si je vous réveille en
lançant des feux d'artifice depuis le toit.

IGNACE BRONCHON

SPÉCIALISTE DES MYSTÈRES, DU GRABUGE ET DU MACABRE

ADRESSE TEMPORAIRE

43, RUE DU VIEUX-CIMETIÈRE   LIVID CITY, ILLINOIS

5 juillet
1 h 45

Lester Perrance
Deuxième étage
43, rue du Vieux-Cimetière
Livid City, Illinois

Lester,

Tu es un garçon intelligent. Aucun doute sur
ce point. Et je reconnais tes mérites pour ce qui
est d'essayer de me faire fuir de peur
avec tes imitations de « fantôme ».

Mais l'idée même que tu lises mon travail
en cours *et* que tu lances des feux d'artifice
depuis le toit Toute La Nuit Alors Que J'essaie
De Dormir Est Intolérable.

J'appelle la police sur-le-champ.

I. Bronchon

Ignace Bronchon

A.I.V.

Samedi 5 juillet
2 h 07

Gros nigaud. Toutes les lignes
téléphoniques de cette maison
ont été coupées à votre demande.
L'auriez-vous déjà oublié ?

Alors, soyez bon joueur et venez dîner
avec nous ce soir. À 20 heures
précises. Si j'arrive à me procurer
les ingrédients et la recette, je ferai
du poulet au paprika à la hongroise.

Depuis la coupole,

Adèle

☙ LA GAZETTE DE LIVID CITY ☙

Samedi 5 juillet
Rédacteur en chef :
Eddie Torial

« Nous rapportons vos secrets, vos secrets nous rapportent »

50 *cents*
Édition de l'après-midi

Les livres reviennent mais un poulet disparaît

La police enquête sur les incidents survenus à l'épicerie *Mangez Livid* et chez la famille Vow.

Tom Set, le bibliothécaire en chef, a retrouvé les douze volumes de la série *Le Dompteur de fantômes* sur son bureau en ouvrant les lieux ce matin.

« Mais, maintenant, il nous manque notre unique livre de cuisine hongroise, explique Set. J'aimerais bien que la personne qui emprunte tous ces livres illégalement prenne tout simplement une carte. Cela nous épargnerait beaucoup de complications. »

Set refuse de spéculer sur le fait que ces emprunts illégaux pourraient avoir un lien avec la légende persistante selon laquelle Adèle I. Vranstock se rendrait régulièrement à la bibliothèque de Livid City. Depuis des années, des usagers de cette dernière rapportent avoir vu des pages de livres se tourner toutes seules.

D'autre part, Rita Baga, la propriétaire de l'épicerie *Mangez Livid*, se dit troublée par la disparition de tout son paprika.

« Hier encore, j'en avais cinq bocaux, affirme Baga. Aujourd'hui, il ne me reste plus rien. »

Et, à l'autre bout de la ville, Marie Vow rapporte qu'un poulet emballé s'est envolé de son réfrigérateur.

« Je suis certaine qu'il était là, insiste Vow. J'avais acheté ce poulet pas plus tard qu'hier. Je comptais le faire rôtir pour le dîner de ce soir. »

La police a interrogé toute la famille Vow et personne n'a mangé le poulet. Pas même Médor Dostoïevski, le chien de la maison.

Le prochain livre de Bronchon presque terminé

Attention, fans d'Ignace Bronchon.

Votre longue attente touche à sa fin. La sortie du premier livre de Bronchon depuis vingt ans est prévue pour cette année.

C'est, en tout cas, ce que nous a affirmé Sandy Page-Haller, son éditrice, depuis son bureau de New York.

« L'avoué de M. Bronchon m'a promis qu'Ignace aurait fini son nouveau livre au mois d'août, a confié Page-Haller à *La Gazette de Livid City* lors d'un entretien téléphonique. Cela signifie que le treizième volume de la série *Le Dompteur de fantômes* sera dans les bibliothèques et les librairies pour Halloween. »

Quand nous lui avons demandé de nous parler de l'intrigue du livre, Page-Haller a répondu : « Tout ce que je peux dire, c'est que c'est un mystère. Y compris pour moi puisque je n'en ai pas lu le moindre mot. Et, franchement, je ne pensais pas que ce vieux ronchon de Bronchon était encore capable d'écrire un livre. Mais n'écrivez surtout pas ça dans votre journal, d'accord ? »

(Désolés, madame Page-Haller. Nous rapportons vos secrets, vos secrets nous rapportent !)

Bronchon refuse toujours les demandes d'interviews de *La Gazette de Livid City*, mais nous ne perdons pas espoir.

La malchance poursuit le couple Perrance durant sa tournée de conférences

D'après l'agent immobilier Debbie Cock, Lino et Inès Perrance n'ont pas de chance avec leur tournée de conférences en Europe.

Lino et Inès Perrance, professeurs spécialisés dans le paranormal, sont sur le vieux continent pour y présenter les résultats de leurs récentes recherches sur l'« impossibilité absolue de l'existence des fantômes ».

Mais la tournée de conférences des Perrance a été victime de divers coups du sort tels que des coupures d'électricité, des pneus crevés sur leurs voitures de location et des intoxications alimentaires.

« Le couple Perrance a dû annuler toutes ses conférences et rembourser ses cachets », nous a expliqué Debbie Cock, qui a parlé hier au téléphone à Inès Perrance. Lino, quant à lui, souffre d'une laryngite aiguë.

« À cause de ces revers, a poursuivi Cock, les Perrance ont accepté de baisser le prix de leur maison du 43, rue du Vieux-Cimetière. Ils ont vraiment besoin de la vendre, ce qui est une bonne nouvelle pour quiconque recherche une maison qui… euh… disons… qui a un certain vécu. »

Les professeurs Lino et Inès Perrance baissent le prix du manoir Vranstock.

IGNACE BRONCHON

SPÉCIALISTE DES MYSTÈRES, DU GRABUGE ET DU MACABRE

ADRESSE TEMPORAIRE

43, RUE DU VIEUX-CIMETIÈRE   LIVID CITY, ILLINOIS

Le 6 juillet,

Fred Dossier
Avoué
188, Nulenon Avenue
New York, NY 10016

Dossier,

Je crois bien que je perds la tête.
Je vais essayer de vous expliquer.

Avant-hier soir, Lester (mon cohabitant) a glissé
sous ma porte une invitation à dîner. Le mot
était censé être écrit par « Adèle », le fantôme
que ce gamin a inventé pour tenter de me faire
fuir de peur – comme d'autres avant moi.

À vrai dire, j'ai fait peu de cas de cette
invitation jusqu'à hier soir vers 18 heures,
quand des odeurs très alléchantes se sont mises
à envahir la maison. Comme ma curiosité l'a
emporté, je me suis traîné jusqu'en bas à l'aide
de mes béquilles. Et, en arrivant dans la salle
à manger, j'ai découvert qu'un repas des plus
appétissants m'attendait.

Lester était déjà assis, avec son chat, Mystinoir.
Mais deux autres couverts étaient mis de chaque
côté de la table. Je me suis installé au bout
(pourquoi pas ?) et j'ai commencé à manger
le poulet au paprika qui était dans mon assiette.

Dire que c'était le meilleur plat que j'aie mangé
depuis mon arrivée à Livid City serait très
au-dessous de la vérité. C'était le meilleur que j'aie
mangé depuis *des années* ! Et, comme vous ne
l'ignorez pas, j'ai pourtant l'habitude des grands
restaurants.

Quand j'ai demandé au gamin où il avait appris
à préparer un repas gastronomique, il a éclaté
de rire en secouant la tête. « Ce n'est pas moi
qui ai fait la cuisine, a-t-il murmuré en montrant
la chaise vide du doigt. C'est *elle*. »

C'est là que les choses ont commencé
à devenir intéressantes. Je ne sais pas
comment, mais le gamin avait réussi à faire
en sorte qu'une fourchette monte et descende
toute seule au-dessus de l'assiette. Et le plus
impressionnant ? La fourchette truquée prenait
véritablement des aliments dans l'assiette
et les portait environ trente centimètres plus
haut. *Et là, la nourriture s'évaporait dans les
airs, comme si une bouche invisible la mangeait !*

C'est un trucage drôlement fortiche, vous ne
trouvez pas ? Cela m'a forcé à revoir mon opinion
sur cet enfant.

Vraiment, Dossier. Comment diable a-t-il réussi
à faire cela ? Je lui ai posé plusieurs fois la
question mais, chaque fois, il s'est contenté
de rire encore plus fort en désignant la chaise
vide du doigt. « Ne me demandez pas, à moi.
Demandez-lui, à *elle* ! »

Qu'importe. En tout cas, je vais utiliser ce
truc dans mon livre, sur lequel j'ai l'intention
de travailler demain après avoir gentiment
réprimandé mon cohabitant. Cet incorrigible
mioche est en bas et il est, une fois de plus,
en train de marteler son piano.

Ignace

Ignace Bronchon

IGNACE BRONCHON

SPÉCIALISTE DES MYSTÈRES, DU GRABUGE ET DU MACABRE

ADRESSE TEMPORAIRE

43, RUE DU VIEUX-CIMETIÈRE   **LIVID CITY, ILLINOIS**

Le 7 juillet,

Lester Perrance
Deuxième étage
43, rue du Vieux-Cimetière
Livid City, Illinois

Lester,

Tes martèlements sur les touches du piano
m'ont empêché de travailler sur mon livre hier
soir. Avec un tel bruit, il est impossible de
se concent

Lester vous a déjà dit qu'il ne savait pas jouer
du piano.

TU VOIS ? C'est ce que je veux dire. J'ignore
comment tu fais pour accéder à mon ordinateur
et y ajouter une ligne de texte mais je

C'est facile.

C'est bon, tu as gagné. Dis-moi ce que je dois
faire pour que tu me laisses tranquille.

Je veux discuter avec vous. À propos de notre
livre.

Notre livre ? Depuis quand est-ce que *nous*
écrivons un livre ?

Depuis que j'ai décidé de vous aider. Au début, je ne voulais pas, parce que vous n'êtes qu'un vieux grincheux. Mais, finalement, vous me faites un peu pitié, Ignassou.

Attendez. Minute papillon. Personne ne m'a jamais appelé Ignassou à part

Votre ex-fiancée, Nadia.

Qu'est-ce qui ne va pas, Ignassou ? Vous avez avalé votre langue ?

Comment savez-vous que Nadia m'appelait Ignassou ?

Parce que je suis un fantôme, espèce de gros bonhomme aussi pénible qu'insupportable. Et aussi parce que je lis votre journal intime.

Vous faites qu-qu-*quoi* ?!

Je lis votre journal intime. Et arrêtez de bégayer. Je suis vieille comme le monde. Rien ne me choque. Dois-je vous en dire plus ?

Allez-y, je serais curieux de voir ce que vous avez à dire.

D'accord. Je sais que vous êtes sujet au vertige. Je sais que vous détestez les poivrons verts et le foie. Je sais que votre morceau de musique préféré est la *Septième Symphonie* de Beethoven. Je sais que vous avez été amoureux une fois — de Nadia — et qu'elle vous a brisé le cœur en refusant de vous épouser.

Elle n'a rien à voir avec tout ça ! C'était il y a vingt ans. Et, de plus

Arrêtez de m'interrompre. Vous avez dépensé tout votre argent pour Nadia — fleurs, fourrures, diamants, voyages luxueux à Paris, à Milan, aux îles Fidji.

Sans oublier le chat.

Elle avait un chat ?

Elles en ont toutes un, non ? Celui-là, c'était un siamois qui avait un faible pour les aliments pour chats aromatisés au caviar et qui portait un collier avec des diamants incrustés. Et aussi des émeraudes. Cette saleté de chat m'a coûté une fortune. Mais passons. Comment avez-vous appris pour Nadia ? Même Fred Dossier, mon avoué, ne sait pas comment j'ai perdu tout mon argent.

Évidemment qu'il ne le sait pas. Ce n'est pas un fantôme. Puis-je continuer ?

De toute façon, je ne suis pas sûr qu'on puisse vous arrêter.

Quand Nadia vous a laissé tomber, vous avez eu honte d'avoir perdu votre cœur et votre argent pour une femme.

Sans oublier le chat. Je n'ai pas encore fini de payer ce satané collier.

Silence. Quand Nadia vous a quitté, vous vous êtes dit que la seule chose à faire, c'était de tourner le dos à vos sentiments. Mais regardez-vous, Ignassou. Vous êtes encore plus mort que moi. Et c'est à cause de cela que vous êtes incapable d'écrire depuis vingt ans.

Je vous ordonne d'arrêter, qui que vous soyez.

Je suis Adèle I. Vranstock. Et cette légère brise que vous venez juste de sentir passer dans la pièce, c'était moi qui soupirais. Pourquoi vous est-il si difficile de me croire ?

Je ne crois en rien ni en personne.

Je sais, Ignassou. Mais le cynisme ne peut pas durer éternellement. De plus, c'est ennuyeux à mourir. Croiriez-vous aux fantômes si nous nous rencontrions officiellement ?

Que voulez-vous dire ?

Je veux dire un rendez-vous. Vous n'en avez pas eu depuis des années, Ignassou.

Vous m'invitez à un rendez-vous ?

Pourquoi pas ? Lester pourrait être notre chaperon.

J'en étais sûr. C'est toi, Lester, c'est ça ? Espèce de sale mioche incorrigible !

Non, ce n'est PAS Lester. Il est en train de tondre la pelouse de Mme Kadavreski. Si vous ne me croyez pas, regardez par la fenêtre. Allez-y. Levez-vous de votre chaise et allez voir à la fenêtre. Vous le voyez ? Alors, faites-lui un signe de la main, Ignassou. J'ai dit FAITES-LUI UN SIGNE DE LA MAIN.

Comment faites-vous cela ? Hé ! Arrêtez ça !!! Quelqu'un me chatouille. ARRÊTEZ !!! S'IL V3OUS P#LA&ÎT, AR&R*ÊTE#Z DE M&E CH%AT&OUILL#ER !!!

Vous croyez toujours que je suis Lester ?

Arrêtez de me chatouiller !!! S'I&L VOU#S P*L#AÎ&T ??? D'ACCORD, D'ACCORD ! Vous n'êtes pas Lester !

Merci. Maintenant, j'arrête de vous chatouiller. Vous n'avez pas idée de tout ce que cet enfant a enduré.

Qui ça, Lester ?

J'ai trouvé la lettre que ses parents lui ont laissée pendant qu'il dormait. Dans ce lamentable petit mot, ils lui expliquaient qu'ils n'étaient pas « faits » pour être ses parents. Ils disaient qu'il n'était pas possible qu'il raconte ses « stupides histoires de fantômes » durant leur tournée de conférences. Et puis ils ont quitté la maison sans faire de bruit et ils sont partis pour l'Europe, ces affreux jojos. Vous vous rendez compte ? Juste parce qu'*ils* ne pouvaient pas me voir, ils considéraient que leur fils mentait quand il parlait de notre merveilleuse amitié, qui remonte à l'époque où il n'était encore qu'un bébé.

Je ne savais pas.

Bien sûr que non ! Vous étiez bien trop occupé à ne penser qu'à vous-même. Vous pensiez être la seule personne au monde à jamais avoir été rejetée. Eh bien, Ignassou, je vais vous dire quelque chose. Mes livres ont été rejetés par tous les éditeurs, de New York jusqu'à Hong Kong. Je sais ce que cela fait d'être rejeté. Mais ni vous ni moi n'avons jamais été rejetés comme Lester l'a été. Savez-vous que ses parents n'ont pas la moindre intention de demander à le reprendre à la fin de l'été ?

Quoi ?

Vous souvenez-vous du contrat ?

« La personne qui louera la propriété devra s'occuper de Lester et de son chat, Mystinoir, pendant toute la durée du bail. Elle devra également rendre l'enfant et l'animal en bonne santé à Lino et Inès Perrance s'ils en font la demande. »

Ne vous inquiétez pas. J'ai la ferme intention de rendre l'enfant et le chat aux parents.

Mais ils ne vont pas vous le demander. Vous faites attention à ce que je dis, oui ou non ? Lino et Inès Perrance vont vous laisser Lester et Mystinoir.

Pour combien de temps ?

Qui sait ? Aussi longtemps qu'ils pourront s'en tirer impunément, je suppose. Je les ai entendus parler de leurs projets avant leur départ. Ils disaient que Lester serait gênant pour eux, qu'il porterait tort à leurs théories scientifiques. Essayez un peu d'imaginer ça.

Je ne peux pas.

Bien sûr que non, espèce de vieux chnoque pompeux. C'est inconcevable. Mais soyez certain que Lino et Inès Perrance passent de bien mauvais moments durant leur tournée.

Comment le savez-vous ?

Oh, disons simplement que j'ai quelques amis qui me doivent des services.

Je suis en train de rire.

Je sais, mon cher. Je suis juste à côté de vous.

Est-ce notre rendez-vous ?

Juste ciel, non. Je suis encore en peignoir. Notre rendez-vous aura lieu samedi soir.

Parfait. Où ça ?

Rejoignez-moi à ma tombe.

Je suppose que c'est une plaisanterie.

Je ne plaisante jamais, Ignassou. Pas avec les rendez-vous, en tout cas. Vingt heures précises au cimetière. Je préparerai le dîner et vous ferai un cadeau.

Et moi, que dois-je apporter ?

Des fleurs, idiot. Et la volonté de croire. Allez, assez pour cette fois. Au revoir.

Attendez.

Quoi ?

Est-ce que Lester peut vraiment vous voir ?

Bien sûr que oui — quand je suis d'accord pour cela. Vous vous demandez pourquoi vous ne pouvez pas me voir aussi ?

Oui.

Parce que vous ne croyez pas en moi. Pas encore. Allez, à bientôt. Je dois me préparer pour samedi soir. Cela fait cent neuf ans que je n'ai pas eu de rendez-vous.

A.I.V.

Jeudi 8 juillet

Cher Lester,

Accepterais-tu d'être le chaperon de
mon rendez-vous avec M. Bronchon
samedi soir ?

Tendrement,

Adèle

9 juillet

Adèle,

Alors, tu as vraiment un rendez-vous
avec M. Bronchon ?!

Mais pourquoi ???

Les

A·I·V·

Jeudi 10 juillet

Cher Lester,

Parce qu'il a besoin d'une amie.
Et parce que je me sens toujours un petit
peu coupable pour l'incident du lustre.

Pour samedi soir, j'ai prévu un délicieux
pique-nique. Rejoins-nous à 20 heures
à ma tombe. Et apporte ton carnet
de croquis, mon petit. Je veux un dessin
de mon premier rendez-vous avec Ignace
— même si mon image ne peut être capturée
sur papier.

Tendrement,

Adèle

M. Bronchon
admire la tombe
d'Adèle.

M. Bronchon lit
le manuscrit d'Adèle.

M. Bronchon
et Adèle.

IGNACE BRONCHON

SPÉCIALISTE DES MYSTÈRES, DU GRABUGE ET DU MACABRE

ADRESSE TEMPORAIRE

43, RUE DU VIEUX-CIMETIÈRE   LIVID CITY, ILLINOIS

Le 13 juillet,
2 h 30

Fred Dossier
Avoué
188, Nulenon Avenue
New York, NY 10016

Dossier,

Il s'est produit quelque chose d'absolument
extraordinaire. Vous ne me croirez jamais ! J'ai
passé toute la soirée à lire un livre. *Mon* livre !
Euh, en fait, plutôt celui d'Adèle mais nous
en sommes les principaux personnages et...

Je prends une grande respiration
et je recommence.

Je vis dans une maison où se trouvent un
jeune garçon et un fantôme. Oui, un *véritable*
fantôme ! Celui d'Adèle I. Vranstock. Elle a fait
construire cette maison pour y écrire ses livres
mais personne n'a jamais voulu les publier
– jusqu'à maintenant. Nous avons décidé
de collaborer sur un livre.

Dites-lui que l'idée vient de moi.

Bien sûr ! Désolé, Adèle. Dossier, l'idée vient
entièrement d'elle. Adèle a pris le peu que
j'avais écrit du prochain *Dompteur de fantômes*
et elle y a insufflé de la vie. Elle pense que
nous devons abandonner le personnage de
Bartholomew Brown et le remplacer par
Lester, elle-même et moi. N'est-elle pas géniale,
Dossier ? Elle a déjà écrit cent pages qu'elle m'a
fait lire hier soir près de sa tombe.

Dites-lui que je ne vous ai pas laissé
les pages.

Non, elle ne me les a pas laissées ! Dès que j'ai eu
fini le manuscrit, une violente bourrasque a soufflé
sur le cimetière et emporté toutes les feuilles.

Parlez-lui de Lester.

Ah oui ! Le gamin va illustrer notre livre. Il est
très doué. Nous avons du pain sur la planche
mais ça va être super. Cela fait des années que
je n'ai pas été autant excité par un projet. C'est
peut-être même la première fois !

Voilà, Dossier. Je voulais juste vous annoncer
que je travaille avec un coauteur. Je ne sais pas
lequel de nous deux aura son nom en haut de la
couverture.

Pardon ?

Adèle, si vous voulez que votre nom apparaisse au-dessus du mien, pas de problème. Cela m'est égal. Je pensais simplement qu'étant donné ma popularité auprès des fans et... Oubliez ça. Évidemment que c'est à vous qu'il revient d'avoir son nom en haut de la couverture ! Bon sang, il faut que je prenne une grande respiration. Je ferais mieux d'aller me coucher, maintenant. Puis dans quelques heures, je vais me réveiller, prendre un frugal petit déjeuner et me mettre à écrire ce qui – je vous le *promets*, Dossier – sera le meilleur livre que j'aie jamais écrit.

Coécrit.

Oh ! Oui, bien sûr. *Coécrit !* Adèle a déjà tout en tête. Mon rôle consiste simplement à rédiger son histoire aussi bien que ma mémoire me le permet. Je n'ai jamais été aussi excité de ma vie ! Oublions le sommeil. Je vais commencer à travailler sur le livre immédiatement !

En homme très enthousiaste,

Ignace

Ignace Bronchon

PS : Dossier, pourriez-vous me rendre un service en envoyant un mot à Sandy Page-Haller ? Annoncez-lui la bonne nouvelle. En apprenant qu'elle a un futur best-seller dans les mains, elle va être *aux anges* !!!

Le 18 juillet,

Mlle Page-Haller
Éditions Sandy Page-Haller
53ᵉ Rue
New York, NY 10019

Chère Mademoiselle Page-Haller,

Je vous dois des excuses.

Cela fait des mois que vous m'appelez au bureau pour me demander où en est Ignace Bronchon dans l'écriture du prochain *Dompteur de fantômes*. Et cela fait des mois que je vous répète qu'il ne lui reste plus qu'à ajouter quelques touches finales et que vous recevrez le manuscrit terminé le 1ᵉʳ août.

La triste vérité, c'est qu'il ne l'a même pas encore commencé.

Ignace est paralysé par l'angoisse de la page blanche depuis des années. Il ne l'avouerait jamais, bien sûr. Mais tout le monde sait qu'il va mal.

J'espérais qu'en louant une maison dans la tranquille bourgade de Livid City, dans l'Illinois, Ignace retrouverait sa créativité. Hélas, on dirait que cela a eu l'effet inverse. À en juger par une lettre qu'il m'a envoyée, j'ai bien peur qu'Ignace n'ait perdu la tête.

D'après cette lettre, écrite à 2 h 30, Ignace

1) croit qu'un fantôme vit avec lui ;

2) pense avoir des conversations avec ce fantôme ; et

3) projette de coécrire un livre avec ce fantôme dont le nom, soit dit en passant, est Adèle I. Vranstock.

J'ai bien conscience, Mademoiselle Page-Haller, que ce sont les dernières choses que vous auriez aimé apprendre au sujet d'Ignace. Mais il serait malhonnête de ma part de continuer à le couvrir comme je l'ai fait jusqu'à maintenant.

Ignace est en train de *perdre la boule*. C'est aussi simple que cela.

Tristement vôtre,

F. Dossier

F. Dossier
Avoué

ÉDITIONS SANDY PAGE-HALLER

53ᵉ Rue

New York, NY 10019

Sandy Page-Haller
Éditrice

Le 21 juillet,

M. Fred Dossier
Avoué
188, Nulenon Avenue
New York, NY 10016

Cher Monsieur Dossier,

Eh bien, cela explique pourquoi les courriers que j'adresse
à Ignace me reviennent constamment avec la mention
RETOUR À L'ENVOYEUR/ABSENT POUR
L'ÉTÉ.

Oui, je savais qu'Ignace souffrait de l'angoisse
de la page blanche. J'étais même au courant
de ses problèmes financiers. Je me disais que s'il était
vraiment dans la panade, il serait bien obligé d'écrire un
nouveau *Dompteur de fantômes*, qu'il en ait envie ou non.

Comme vous, je m'inquiète pour sa santé mentale.
Mais comprenez bien que cela pourrait nous faire
beaucoup de mauvaise publicité. La dernière chose
que je veux, c'est que tous les jeunes lecteurs américains
découvrent que leur écrivain préféré est complètement
zinzin les moulinettes.

Heureusement, j'emploie un détective privé pour les situations telles que celle-ci. Il se nomme Teddy Skray. Je l'envoie immédiatement fouiner un peu à Livid City.

Tant que nous n'en savons pas plus sur l'état d'Ignace, j'aimerais mieux que tout cela reste entre nous.

Discrètement vôtre,

Sandy Page-Haller

Sandy Page-Haller

PS : Le nom d'Adèle I. Vranstock me rappelle quelque chose. Ne s'agit-il pas de la femme qui figure dans *Le Livre des records* pour avoir eu le plus de livres rejetés par les éditeurs de tous les temps ? Si ma mémoire est bonne, elle écrivait ce qu'elle appelait des « énigmes épistolaires illustrées » – ou un autre nom du même genre, aussi absurde qu'invendable.

➤ LA GAZETTE DE LIVID CITY ⬅

Vendredi 25 juillet
Rédacteur en chef :
Eddie Torial

« Nous rapportons vos secrets, vos secrets nous rapportent »

50 cents
Édition de l'après-midi

Bronchon nous accorde une interview !

Le célèbre écrivain nous parle de la vie, des livres et de sa récente victoire contre l'angoisse de la page blanche

Afin de célébrer ce qu'il appelle « le plus grand coup » de sa vie, l'auteur pour enfants Ignace Bronchon a accordé à *La Gazette de Livid City* l'une de ses rares interviews.

« Je suis un autre homme », nous a confié Bronchon, soixante-quatre ans, qui passe actuellement l'été à Livid City.

Ces dernières années, l'auteur des douze volumes de la série *Le Dompteur de fantômes* a surtout fait parler de lui parce qu'il n'écrivait *pas*.

« J'ai affreusement souffert de l'angoisse de la page blanche, a reconnu Bronchon. J'étais malheureux et je rendais tout le monde malheureux autour de moi. Il est impossible d'écrire quand on est égoïste et revêche. »

Qu'est-ce qui l'a fait changer d'humeur ?

« C'est ce nouveau livre sur lequel je travaille, nous a expliqué l'écrivain. Il est plein d'inspiration, c'est moi qui vous le dis ! Il est extraordinaire. J'ai enfin découvert ce qu'est le véritable

Ignace Bronchon se dévoile lors de l'une de ses rares interviews.

grand art ! Ce sera le meilleur livre que j'aie jamais écrit ! »

Après ces humbles propos, Bronchon a fait la roue en déclarant : « J'ai l'impression d'avoir rajeuni de vingt ans ! »

Bienvenue à Teddy Skray !

Livid City a le plaisir d'accueillir Teddy Skray.

Skray, qui nous arrive du New Jersey, nous apprend qu'il restera quelques semaines en ville.

« Je suis ici pour affaires, explique Skray. C'est top secret. J'enquête sur la santé mentale d'Ignace Bronchon. Attendez, vous n'allez pas imprimer ça dans votre journal, n'est-ce pas ? »

Oh, si !

(Désolés, Teddy. Nous rapportons vos secrets, vos secrets nous rapportent !)

Teddy Skray arrive à Livid City.

Toujours pas d'acheteur pour le manoir Vranstock

La démolition envisagée

Si Lino et Inès Perrance ne trouvent pas d'acheteur pour le manoir Vranstock, il se pourrait qu'ils fassent démolir cette demeure de trente-deux pièces et demie et vendent simplement le terrain nu.

« Bien sûr, les propriétaires de ce charmant manoir préféreraient le vendre à une personne capable d'apprécier son... hem, disons, son histoire, explique l'agent immobilier Debbie Cock. Mais c'est vraiment compliqué parce que tous les habitants de Livid City connaissent les rumeurs. La démolition n'est donc pas hors de question. »

Jusque-là, la seule personne à s'être montrée intéressée par l'achat de la maison est Lester Perrance, le fils des professeurs Lino et Inès Perrance.

« Eh bien, c'est très mignon, estime Cock. Mais j'ai du mal à croire qu'un garçon de onze ans puisse s'acheter une maison avec l'argent qu'il gagne en distribuant des journaux. »

Situé au 43, rue du Vieux-Cimetière, le manoir Vranstock a autrefois été une curiosité locale. Conçue et construite par Adèle I. Vranstock dans le but d'y écrire ses énigmes

Si aucun acheteur ne se présente, le manoir Vranstock pourrait être démoli.

illustrées jamais publiées, cette maison victorienne à deux étages est tombée en décrépitude, ce qui a conduit ses propriétaires actuels à conclure que le terrain nu serait peut-être plus facile à vendre.

Les professeurs Lino et Inès Perrance n'ont pas souhaité faire de commentaires. Le couple se trouve en tournée de conférences en Europe afin de promouvoir les résultats de leurs douze ans de recherches qui, l'espèrent-ils, prouveront définitivement que les fantômes n'existent pas.

Teddy Skray

À :   Sandy Page-Haller
OBJET : Santé mentale d'Ignace Bronchon
DATE :   27 juillet

RAPPORT N° 1

Ici Skray.

Peu d'infos à rapporter pour l'instant. Je suis rapidement passé en voiture devant le 43, rue du Vieux-Cimetière. Quel taudis. Imaginez un grand tas de peinture écaillée et de bois pourri entouré par une terrasse couverte qui s'en écarte, un peu comme si elle en avait peur. Ajoutez à cela une coupole lugubre et vous obtenez la baraque idéale pour fêter Halloween.

La maison est située au bout d'une longue rue poussiéreuse bordée de chênes centenaires. Il y a un cimetière juste derrière. La seule chose qui le sépare du manoir, c'est une rangée de pommiers clairsemés – un peu trop près à mon goût. Ah oui, du côté ouest de la propriété, il y a aussi un étang dans lequel barbotent quelques canards.

J'ai vu Bronchon. Il se promenait dans le cimetière. Je n'avais pas conscience qu'il était devenu aussi vieux et avachi. Le gamin de onze ans qui vit avec lui était dans le quartier en train de tondre la pelouse d'une voisine.

Les fenêtres du manoir Vranstock étaient ouvertes. Il m'a semblé entendre des portes claquer à l'intérieur. Probablement le vent.

Plus d'infos dans mon prochain rapport.

Teddy Skray

Teddy Skray

PS, dernière minute : Bronchon vient juste de rentrer. Je le vois grâce à mes jumelles. Il est à son ordinateur.

Le Dompteur de fantômes – volume 13

L'Énigme de la rue du Vieux-Cimetière :
Un nouveau début !

Chapitre 1

Au départ, le célèbre écrivain était sceptique.

« Qu'est-ce que c'est encore que cette histoire de fantôme qui voudrait collaborer au livre d'un célèbre écrivain comme moi ? » se demandait-il en admirant son beau visage dans le miroir.

Mais c'était pourtant bien le cas. Le vieux fantôme qui occupait la maison poussiéreuse qu'il avait louée pour l'été avait très clairement fait comprendre qu'il voulait aider le célèbre écrivain à écrire son prochain livre.

Alors, comme ça, je suis un *vieux* fantôme dans une maison *poussiéreuse* tandis que VOUS êtes le célèbre écrivain qui admire son *beau* visage dans la glace ?

Je voulais seulement dire qu

Et je vous *aide* ?

Adèle, ce n'est qu'une première ébauche.

Vous n'avez même pas parlé de moi
dans votre interview pour *La Gazette
de Livid City.*

Je ne voulais pas qu'on pense qu

N'en dites pas plus. J'arrête tout.

IGNACE BRONCHON

SPÉCIALISTE DES MYSTÈRES, DU GRABUGE ET DU MACABRE

ADRESSE TEMPORAIRE

43, RUE DU VIEUX-CIMETIÈRE   LIVID CITY, ILLINOIS

Le 27 juillet,

Adèle I. Vranstock
La coupole
43, rue du Vieux-Cimetière
Livid City, Illinois

Adèle,

Êtes-vous là ?

Revenez, s'il vous plaît, que nous puissions
continuer à écrire.

En homme contrit,

Ignace
Ignace

IGNACE BRONCHON

SPÉCIALISTE DES MYSTÈRES, DU GRABUGE ET DU MACABRE

ADRESSE TEMPORAIRE

43, RUE DU VIEUX-CIMETIÈRE   **LIVID CITY, ILLINOIS**

Le 28 juillet,

Adèle I. Vranstock
La coupole
43, rue du Vieux-Cimetière
Livid City, Illinois

Adèle,

Je suis désolé. Il m'arrive parfois de me comporter en crétin insensible.

Vous n'êtes pas vieille et je ne suis pas beau.

Et vous ne m'*aidez* pas. Vous me guidez. Vous m'inspirez.

En homme qui se repent,

Ignace

Ignace

IGNACE BRONCHON

SPÉCIALISTE DES MYSTÈRES, DU GRABUGE ET DU MACABRE

ADRESSE TEMPORAIRE

43, RUE DU VIEUX-CIMETIÈRE   LIVID CITY, ILLINOIS

Le 29 juillet,

Adèle I. Vranstock
La coupole
43, rue du Vieux-Cimetière
Livid City, Illinois

Adèle,

M'entendez-vous ? Lisez-vous ces mots ?
Êtes-vous dans la maison ? Êtes-vous ici même,
dans la pièce ?

S'il vous plaît, dites quelque chose. N'importe
quoi.

En homme implorant,

Ignace

Ignace

PS : Ou alors, pourriez-vous juste claquer une
porte ou deux afin que je sache que vous êtes
toujours là ? Ou encore jouer un peu de piano ?

IGNACE BRONCHON

SPÉCIALISTE DES MYSTÈRES, DU GRABUGE ET DU MACABRE

ADRESSE TEMPORAIRE

43, RUE DU VIEUX-CIMETIÈRE   LIVID CITY, ILLINOIS

Le 30 juillet,

Lester Perrance
Deuxième étage
43, rue du Vieux-Cimetière
Livid City, Illinois

Lester,

Sais-tu où est Adèle ? Je crois bien qu'elle m'en veut.

Que dois-je faire ?

En homme désespéré,

I. Bronchon

Ignace Bronchon

31 juillet

Monsieur Bronchon,

Je n'ai pas vu Adèle depuis votre rendez-vous
au cimetière.

Désolé.

Les Perrance

PS : Aïe, ça veut dire que nous sommes tout seuls
pour le dîner. Si vous préparez à manger pour ce soir,
je cuisinerai demain.

IGNACE BRONCHON

SPÉCIALISTE DES MYSTÈRES, DU GRABUGE ET DU MACABRE

ADRESSE TEMPORAIRE

43, RUE DU VIEUX-CIMETIÈRE   LIVID CITY, ILLINOIS

Le 31 juillet,

Lester Perrance
Deuxième étage
43, rue du Vieux-Cimetière
Livid City, Illinois

Lester,

Merci pour ta réponse. J'aurai grand plaisir
à cuisiner pour toi ce soir. Après le dîner,
peut-être pourrions-nous faire une partie
de dames ?

Et, à partir de maintenant, tu peux me tutoyer
et m'appeler Ignace.

En homme qui cherche à se réconcilier,

Ignace

Ignace

PS : Adèle, si vous lisez cela, n'hésitez pas
à vous joindre à nous au dîner.

120

Teddy Skray

DÉTECTIVE PRIVÉ

À :   Sandy Page-Haller
OBJET : Santé mentale d'Ignace Bronchon
DATE :   31 juillet

RAPPORT N° 2

Ici Skray,

Il est à peine plus de 21 heures et je suis garé dans la rue, face au manoir Vranstock. J'y suis depuis une heure environ. Grâce à mes jumelles, je vois Bronchon et le gamin assis dans la salle à manger. Ils prennent leur dîner. On dirait qu'ils mangent des sortes de croque-monsieur.

Bronchon n'arrête pas de se lever et de tourner autour de la table. C'est un drôle d'oiseau, c'est sûr. Il fait de grands gestes avec les mains et parle aux murs et au plafond. Le garçon, lui, continue de manger. J'aperçois un chat assis à table. Il a même sa propre assiette. Ai-je déjà dit que le couvert était mis pour quatre ? Peut-être attendaient-ils quelqu'un ? En tout cas, personne n'est venu.

Mais il y a quelque chose de bizarre : une balancelle grince sous le porche de devant. Vous savez, une de ces vieilles balancelles que l'on voit parfois dans les films ? Eh bien, il n'y a pas le moindre vent ce soir mais elle bouge d'avant en arrière, comme si quelqu'un était assis dessus.

C'est sans importance. Je ne sais même pas pourquoi j'en parle.

Plus d'infos dans mon prochain rapport.

Teddy Skray
Teddy Skray

31 juillet

Chère Adèle,

Je ne sais pas où tu es mais je voulais juste te faire un petit coucou.

Ce soir, j'ai dîné avec M. Bronchon. Il est plus gentil que nous le pensions. Il a même accepté que Mystinoir s'assoie à table et mange avec nous. Après dîner, je l'ai laissé me battre aux dames.

M. Bronchon a parlé de toi toute la soirée. Il a dit qu'il n'avait jamais rencontré quelqu'un qui écrive aussi bien que toi.

Voilà, je voulais juste te raconter ça, si jamais tu es dans les parages.

Les

M. Bronchon en train d'essayer de travailler sans toi.

A.I.V.

Jeudi 31 juillet

Cher Lester,

Très beau dessin, mon petit. Merci.

Et, oui, je suis ici. Mais ne le dis pas à Ignace.
C'est toi qui avais raison à son sujet dès le départ.

Cet homme est *impossible*! J'aurais dû lui faire
tomber TROIS lustres sur la tête.

Je refuse de travailler avec cet immonde personnage
tant qu'il ne fera pas preuve de plus de respect
envers moi *et* ma maison. Et puisqu'on parle de
ma maison, je viens de compter ce que tu as gagné
cet été. Je ne sais pas comment tu espères l'acheter
avec soixante-sept dollars et cinquante *cents*.
Je te suggère de trouver plus de pelouses à tondre
dès demain. Je distribuerai les journaux à ta place.

Oh, et si tu te demandes pourquoi tu ne peux pas
me voir, c'est parce que j'ai des bigoudis sur la tête
et que je n'ai pas envie de me montrer comme ça
— pas même à toi, mon petit. Je suis peut-être
morte mais j'ai ma dignité.

Va donc te coucher, maintenant. Il est tard.

Tendrement,

Adèle

31 juillet

Merci, Adèle !
Tu es la meilleure.
Et je peux voir tes bigoudis.

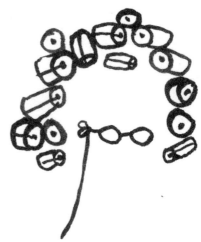

Toi avec tes bigoudis.

Évidemment que
tu peux voir mes
bigoudis. Je ne peux pas
faire disparaître toutes
les choses matérielles.
Mais quand tu dessines
un fantôme, tu dois
penser à utiliser
les ombres.
Comme ceci.

Oh, Adèle. Tu dessines tellement bien. J'aimerais bien
dessiner aussi bien que toi.

Tu apprendras — avec le temps, en t'exerçant.
Mais assez pour ce soir. Il est presque minuit.

D'accord. Bonne nuit, Adèle. Je suis content que
tu hantes toujours cette maison.

J'ai promis de le faire pour l'éternité — ou
jusqu'à ce qu'un de mes livres soit publié.
Allez, va te coucher, maintenant. Les pommes
du verger sont mûres. Si tu travailles dur cette
semaine, je ferai des tartes. À condition que je
trouve une recette à la bibliothèque.

Tu ne vas quand même pas encore voler des livres ?

Je rends toujours ce que j'emprunte. (Enfin,
la plupart du temps.) Bonne nuit, mon petit.

➤ LA GAZETTE DE LIVID CITY ◄

Vendredi 1ᵉʳ août
Rédacteur en chef :
Eddie Torial

« Nous rapportons vos secrets, vos secrets nous rapportent »

50 **cents**
Édition de l'après-midi

Le livre de cuisine hongroise réapparaît, mais des livres sur les tartes s'envolent

Un livre de cuisine hongroise est mystérieusement revenu à la bibliothèque de Livid City ce matin.

« J'étais occupé à remettre des livres sur les étagères, nous a expliqué Tom Set, le bibliothécaire en chef. Tout à coup, le

Tom Set présente ses excuses pour le désordre à la bibliothèque.

livre de cuisine hongroise s'est retrouvé dans ma main. Mais, là, d'autres livres de cuisine se sont mis à s'envoler du rayon des recettes de desserts. »

Selon Set, on a pris sept livres consacrés à l'art de la préparation des tartes.

« Ils sont juste partis tout seuls dans les airs, comme si… a commencé à dire Tom Set. Non, rien. Je n'ai pas envie d'en parler. »

Bronchon redevient ronchon

Il semblerait que nous ayons parlé trop vite.

L'auteur de livres pour enfants Ignace Bronchon est redevenu le ronchon que l'on connaissait, ainsi que le prouve son comportement impoli avec des fans qui ont tenté de lui parler lors de sa promenade hier après-midi.

« Je voulais juste lui dire bonjour et prendre des nouvelles de son nouveau livre », explique Paul Hisson, un jeune admirateur.

« Moi, je voulais juste lui dire combien j'adore la série du *Dompteur de fantômes* », affirme Sammy Reet.

Mais Bronchon a envoyé promener Hisson et Reet.

« À moi, il m'a dit "Lâche-moi, s'il te plaît", relate Reet. Au moins, il dit "s'il te plaît", maintenant. »

Selon son éditrice, Bronchon était censé terminer son livre aujourd'hui. Sa mauvaise humeur laisse supposer qu'il n'a pas réussi à respecter ce délai.

Les jeunes fans sont déçus par Bronchon le ronchon.

Le manoir Vranstock va être démoli

N'ayant pas trouvé d'acheteur pour leur maison, Lino et Inès Perrance ont décidé de faire démolir le manoir Vranstock et de vendre le terrain nu.

« Cela n'a pas été une décision facile, explique Debbie Cock, l'agent immobilier du couple. Mais ils ont fini par comprendre qu'ils auraient plus de chances de vendre un terrain nu qu'une vieille maison de film d'épouvante, ce qui – soyons honnête – est une bonne description du manoir Vranstock. »

Selon Cock, une équipe spécialisée arrivera à Livid City dans quelques semaines afin de préparer la démolition.

« Le contrat de bail d'Ignace Bronchon va jusqu'au 1er septembre, affirme Cock. Dès qu'il partira, la maison sera rasée. »

Toujours selon Cock, Lino et Inès Perrance ont décidé de rester en Europe.

À la question « Où ira Lester Perrance lorsque la maison sera démolie ? », Debbie Cock répond : « Les parents du gamin m'ont dit qu'ils allaient le laisser à M. Bronchon. Je suppose qu'ils ne peuvent pas vraiment l'emmener avec eux durant leur tournée de conférences puisqu'il n'arrête pas de déblatérer des âneries à propos de sa meilleure amie, Adèle le fantôme. Et Bronchon a autorisé son avoué à signer un contrat dans lequel il acceptait de rendre Lester à ses parents s'ils en faisaient la demande. Et s'ils ne souhaitent pas le reprendre ? Eh bien,

Vieux de cent trente-quatre ans, le manoir Vranstock sera démoli le mois prochain.

Bronchon est obligé de garder le gamin et le chat. Mais les professeurs Lino et Inès Perrance tiennent à ce que personne ne soit au courant de leur projet. Alors, ne faites pas passer ça dans votre journal, d'accord ? »

(Désolés, Debbie. Nous rapportons vos secrets, vos secrets nous rapportent.)

Debbie Cock débarque à Livid City.

Bienvenue, Debbie Cock !

Livid City vient d'accueillir Debbie Cock. Cock est la propriétaire d'Immo Ralasway, une agence immobilière basée à San Francisco spécialisée en maisons et appartements uniques. Durant son séjour, Debbie Cock résidera à *L'Auberge de Livid City*. Bienvenue dans notre ville Debbie !

Teddy Skray

À :   Sandy Page-Haller
OBJET : Santé mentale d'Ignace Bronchon
DATE : 2 août

RAPPORT N° 3

Ici Skray,

Il est 16 heures et je fais mon rapport depuis une branche de l'un des pommiers qui se trouvent derrière le manoir Vranstock. Avec mes jumelles, je peux voir Bronchon. Il est assis devant son ordinateur et parle à l'écran. Pauvre vieux. Je ne sais pas quel est son problème mais son cas est grave. S'il s'agissait de quelqu'un d'autre, je me dirais qu'il y a une femme là-dessous. Mais cela fait maintenant une semaine que j'observe Bronchon et je suis sûr et certain qu'aucune dame au monde ne pourrait apprécier cet individu.

Il est debout, maintenant. Il regarde par la fenêtre dans ma direction, vers le cimetière. Ses lèvres bougent, comme s'il parlait à quelqu'un. Maintenant, il désigne le pommier voisin de celui dans lequel je me trouve. Il y a un panier dessous. Qu'est-ce que c'est que ce truc ? Une pomme vient juste de tomber de l'arbre, pile dans le panier. Et une autre ! Encore une autre ! On dirait presque que quelqu'un cueille les pommes et les met dans le panier. Sauf qu'il n'y a personne.

Attendez ! Voilà que le panier retourne vers la maison en flottant dans les airs.

Maintenant, je suis dans ma voiture. Cette histoire de pommes me semble sacrément louche.

Je suis garé devant la maison. Le gamin est en train de tondre des pelouses en bas de la rue. D'habitude, c'est l'heure à laquelle il distribue les journaux mais... Sacrebleu ! Un journal vient juste de se poser tout seul sur le perron du manoir Vranstock en faisant un bruit sourd. La même chose se passe à la porte voisine. Et encore à la suivante ! Des journaux autopropulsés se livrent eux-mêmes dans toute la rue. C'est quoi, cette embrouille ?

Moi, je me tire d'ici. Engagez quelqu'un d'autre pour enquêter sur cette affaire de cinglés.

Teddy Skray
Teddy Skray

Le 4 août,

Fred Dossier
Avoué
188, Nulenon Avenue
New York, NY 10016

Cher Monsieur Dossier,

Je vous informe par la présente que j'ai décidé de mettre
fin à ma relation professionnelle avec votre client, Ignace
Bronchon, en raison de

a) l'instabilité de sa santé mentale, et
b) son incapacité à terminer le prochain livre
   de la série *Le Dompteur de fantômes*.

La loi m'autorise à demander à M. Bronchon de
me rembourser les cent mille dollars d'avance que je lui ai
versés pour le livre qu'il n'a pas écrit mais je ne vais pas
le faire. Pourquoi ? Parce que j'aimerais que cette affaire
fasse le moins de bruit possible – et aussi parce que je sais
qu'Ignace a déjà dépensé cet argent. Je vais passer cela
par pertes et profits.

Merci de bien vouloir informer Ignace de ma décision.

Sandy Page-Haller

Sandy Page-Haller

Le 7 août,

Éditions Sandy Page-Haller
53ᵉ Rue
New York, NY 10019

Chère Mademoiselle Page-Haller,

Votre proposition de renoncer aux cent mille dollars d'avance est très généreuse. Je vais en informer Ignace.

Je vais également rédiger une lettre de résiliation de contrat et la signer en son nom. C'est moi qui m'occupe de ce genre de choses pour lui.

Je suis sûr qu'Ignace sera déçu d'apprendre que sa carrière d'auteur publié est terminée. Mais je suppose qu'il en sera également soulagé. Il n'a rien écrit de valable depuis vingt ans. Il est temps qu'il arrête d'essayer.

Salutations distinguées,

F. Dossier

Fred Dossier

LETTRE D'ACCORD POUR LA RÉSILIATION
DU CONTRAT ENTRE

LES ÉDITIONS SANDY PAGE-HALLER

ET

IGNACE BRONCHON

Cet accord met fin à la relation professionnelle
qui a longtemps lié
les Éditions Sandy Page-Haller à Ignace Bronchon.

À partir d'aujourd'hui, tout ce que Bronchon écrit,
tente d'écrire, prétend écrire
ou prévoit d'écrire ne regarde plus que lui.

Les Éditions Sandy Page-Haller ne s'intéressent plus du tout
au travail de Bronchon
et cela est valable pour aujourd'hui,
pour demain et pour toujours.

Sandy Page-Haller

Sandy Page-Haller
Pour les ÉDITIONS SANDY PAGE-HALLER

F. Dossier

Fred Dossier
pour IGNACE BRONCHON

FRED DOSSIER

Avoué

188, Nulenon Avenue

New York, NY 10016

Le 8 août,

M. Ignace Bronchon
43, rue du Vieux-Cimetière
Livid City, Illinois

Cher Ignace,

Puisqu'il n'existe pas de manière facile de vous apprendre cela, je serai direct. Sandy Page-Haller vous a laissé tomber.

La bonne nouvelle, c'est qu'elle ne vous demande pas de rembourser l'avance. (Ce qui est tant mieux pour vous, étant donné qu'il ne vous reste plus rien.) Elle va faire passer ces cent mille dollars par pertes et profits.

Je renonce également à l'argent que vous me devez. Mais, en même temps, je dois, moi aussi, mettre fin à mes relations professionnelles avec vous. Autrement, ce serait injuste envers mes autres clients qui, eux, rétribuent mes services. J'espère que vous comprenez.

Prenez soin de vous, Ignace.

Bon vent,

F. Dossier

Fred Dossier

PS : Votre propriétaire de Chicago m'a appelé hier. Il m'a dit que vous lui deviez six mois de loyer. Il a donc trouvé un nouveau locataire pour l'appartement 2B. Désolé, Ignace, mais vous allez devoir chercher un autre logement.

IGNACE BRONCHON

SPÉCIALISTE DES MYSTÈRES, DU GRABUGE ET DU MACABRE

ADRESSE TEMPORAIRE

43, RUE DU VIEUX-CIMETIÈRE   LIVID CITY, ILLINOIS

Le 11 août,

Fred Dossier
Avoué
188, Nulenon Avenue
New York, NY 10016

Dossier,

Croyez-le ou non mais je comprends tout
à fait. Je n'en veux ni à vous ni à Sandy
Page-Haller. Votre seule erreur a été
d'attendre aussi longtemps pour agir ainsi.

En homme qui tire sa révérence,

Ignace

Ignace

SANS TITRE

L'homme était vieux et craquait de partout.
Chauve, aussi. Et puis trop gros. Et complètement
nul.

À une certaine époque de sa vie, il avait été
un écrivain plus ou moins décent. Mais c'était
longtemps auparavant. Désormais, il n'aurait
rien pu écrire même si sa vie en dépendait.
Il se demandait souvent pourquoi. Plus il se
posait la question et moins il arrivait à écrire.
Il était bloqué.

Puis cet auteur rencontra une femme. Elle
lui expliqua quel était son problème : l'égoïsme.

L'homme savait qu'elle avait raison. Mais,
étrangement, c'était agréable, parce qu'il se
surprenait soudain à apprécier cette femme
qui lui avait dit la vérité sur lui-même. Cela
lui faisait bizarre de savoir qu'il existait une
personne comme elle, quelqu'un qui le connaissait
aussi bien. Il ressentait quelque chose qu'il
n'avait pas ressenti depuis des années.

Mais que fit l'écrivain ? Il gâcha tout.
Son ego démesuré prit le dessus. Il voulait être
un cador, un VIP. *Very Important Person*,
une personne très importante. Véritable Ignoble
Pourceau, oui !

Là, vous êtes trop dur envers vous-même.

Adèle ! Est-ce bien vous ?

Qui d'autre vous parle de cette façon ?

Vous n'imaginez pas à quel point je suis soulagé.

Je n'ai pas mes lunettes. Ai-je bien vu le verbe *exister* sur la page précédente ?

Oui. Je vais le retaper en plus gros caractères. J'ai écrit : « Cela lui faisait bizarre de savoir qu'il existait une personne comme elle... »

J'ai remis mes lunettes. Déplacez votre tête, que je puisse lire le reste.

Adèle. Restez, s'il vous plaît.

Vous m'invitez à rester dans ma propre maison ? Comme c'est généreux de votre part, Ignassou.

Ce que je veux dire, c'est que je voudrais essayer une nouvelle fois. S'il vous plaît. Voulez-vous écrire un livre avec moi ?

Pourquoi le ferais-je ?

J'ai changé. J'ai grandi. J'ai appris quelque chose sur moi-même et sur les autres.

Ah, ah ! Évolution du personnage. Très important dans une histoire.

Je ne parle pas d'un personnage ou d'une histoire. Je parle de moi.

Je sais. Mais nous sommes tous des personnages de notre propre histoire, Ignassou. Pourquoi froncez-vous les sourcils ?

Je ne suis pas sûr de comprendre.

Tout ce que je dis, c'est que notre vie *est* une histoire et que chacun d'entre nous est le personnage principal de sa propre histoire. La vôtre est-elle une comédie ou une tragédie ? Est-elle ennuyeuse ? Ou bien est-elle passionnante ? Ce que je dis, Ignassou, c'est que chacun d'entre nous est l'auteur de sa propre vie. Donc, si vous me dites que vous avez changé, l'écrivain que vous êtes devenu me plaît.

Ça veut dire que vous allez rester et écrire un livre avec moi ?

Nous pourrions essayer, je suppose. Que se passe-t-il, Ignassou ? On dirait que vous venez de voir un fantôme.

Pendant un instant, j'ai cru voir... Est-ce vous, Adèle ?

Évidemment que c'est moi. Personne ne vous a appris qu'il est malpoli de regarder les gens avec insistance ? Et maintenant, faites-moi un peu de place, mon cher. J'écris mieux quand je suis assise.

⋙ LA GAZETTE DE LIVID CITY ⋘

Dimanche 17 août
Rédacteur en chef :
Eddie Torial

« Nous rapportons vos secrets, vos secrets nous rapportent »

$1.50
☀ Édition du matin

Une équipe de démolition s'apprête à raser le manoir Vranstock

Une é

Vranstock

Une
Équip
Livid
soirées sc
projets de
manoir Vr
Selon
pour vendre
agent immol
de 134 ans v
le manoir Vra
43, rue du Vie
le cimetière de
sera démoli aus
aura lieu dès qu
« Lester et m
ils auront probab

préféré
ouvante
e Cock
ouvoir
demie
levait

eure
hon
ce

ions sont
Perrance, leur fils Lester.
u Ignace Bronchon qui loue la maison
manoir Vranstock pour tout l'été.

Chers abonnés,

Avec votre journal d'aujourd'hui, vous recevez également les trois premiers chapitres d'une véritable histoire de fantômes intitulée *43, rue du Vieux-Cimetière*.

Nous espérons qu'ils vous plairont.

Si vous souhaitez lire les trois chapitres suivants, veuillez envoyer 3 dollars à l'adresse ci-dessous :

43, rue du Vieux-Cimetière
Livid City, Illinois

Nous comptons écrire, illustrer et publier de nouveaux chapitres tant qu'il y aura des lecteurs intéressés.

Cordialement,

A.I.V.
Adèle I. Vranstock
Coauteure

Ignace Bronchon
Ignace Bronchon
Coauteur

Les
Lester Perrance
Illustrateur

IGNACE BRONCHON

SPÉCIALISTE DES MYSTÈRES, DU GRABUGE ET DU MACABRE
ADRESSE TEMPORAIRE

43, RUE DU VIEUX-CIMETIÈRE   LIVID CITY, ILLINOIS

Le 27 août,

Mlle Debbie Cock
L'Auberge de Livid City
99, avenue des Cercueils
Livid City, Illinois

Mademoiselle Cock,

J'ai deux requêtes à vous présenter.

Tout d'abord, j'aimerais vous demander
d'accepter mes excuses pour les courriers impolis
que je vous ai adressés plus tôt cet été. J'étais
imbuvable et pompeux mais j'ai changé depuis.

D'autre part, je vous prie d'informer Lino
et Inès Perrance qu'il y a un acheteur pour le
manoir Vranstock. Il s'agit d'un occupant actuel
de la maison, qui vous prie de bien vouloir faire
annuler la démolition.

Vous trouverez ci-joint un chèque de deux cent
cinquante mille dollars.

Merci.

Salutations distinguées,

I. Bronchon

Ignace Bronchon

L'AUBERGE DE LIVID CITY
Où l'on dort plus profondément qu'un mort
99, avenue des Cercueils   Livid City, Illinois

Le 28 août,

M. Ignace Bronchon
43, rue du Vieux-Cimetière
Livid City, Illinois

Cher Monsieur Bronchon,

C'est avec un immense plaisir que je réponds OUI
à vos deux requêtes. J'appelle M. et Mme Perrance
sur-le-champ. Ils vont être ravis de cette
nouvelle !

Félicitations pour votre nouvelle maison !

Debbie Cock

Debbie Cock

Hôtel de Sens
1, rue du Figuier
75004 Paris, France

Le 29 août,

Lester Perrance
43, rue du Vieux-Cimetière
Livid City, Illinois   États-Unis

COURRIER EXPRESS
INTERNATIONAL

Cher Les,

As-tu appris la bonne nouvelle ? Debbie Cock
a trouvé un acheteur pour notre maison ! Nous
sommes très fiers de toi parce que tu n'as pas
effrayé M. Bronchon avec tes stupides histoires
de fantômes !

Mlle Cock nous a aussi dit que tu étais devenu
TRÈS riche durant l'été. Comme tu es intelligent !
Ne t'inquiète pas pour l'argent. Nous pourrons
le convertir en euros quand nous retournerons
en Europe avec toi.

Nous serons bientôt de retour à la maison pour
conclure la vente et te reprendre avec nous !

À bientôt,

Maman + Papa

PS : Désolés, nous n'avons pas pu t'écrire plus
tôt mais tu nous as beaucoup manqué !

30 août

Professeurs Lino et Inès Perrance
Hôtel de Sens
1, rue du Figuier
75004 Paris, France

Chers maman et papa,

Vous avez raison, Debbie Cock a bien trouvé un acheteur pour le 43, rue du Vieux-Cimetière. C'est moi.

J'ai acheté la maison avec l'aide de M. Bronchon et d'Adèle I. Vranstock. Nous allons y vivre ensemble.

Vous avez aussi raison sur un autre point. Vous souvenez-vous de cette lettre que vous m'avez laissée quand vous êtes partis en catimini pour l'Europe au milieu de la nuit ? Vous y disiez que vous n'étiez pas faits pour être mes parents. Je suis tout à fait d'accord.

Bonne chance à Paris et dans la vie en général,

Salutations distinguées,

Les Perrance

Votre ancien fils

A.I.V.

Dimanche 31 août

Lester Perrance et Ignace Bronchon
43, rue du Vieux-Cimetière
Livid City, Illinois

Très chers Lester et Ignace,

Des commandes pour de nouveaux chapitres
de *43, rue du Vieux-Cimetière* arrivent
du monde entier ! Je viens de compter ce que
nous avons gagné jusque-là. Après avoir donné
à Lester suffisamment d'argent pour acheter
la maison, il nous reste encore trois cent
cinquante mille dollars.

Et ce n'est que le début ! Plus vous écrirez
(Ignace) et illustrerez (Lester) de chapitres,
plus vous gagnerez d'argent.

N'est-ce pas fantastique ? Voyez ça : Ignace a
vaincu son angoisse de la page blanche, Lester
a pu acheter la maison qu'il aimait, et moi, j'ai
enfin publié un livre. D'accord, *co-publié*, mais
bon... je l'ai fait ! Ou plutôt, *nous* l'avons fait !

Et ce qui est encore plus merveilleux, c'est que les gens de la ville commencent à croire en moi. J'étais aux *Délices de Livid City* en train de prendre quelques muffins quand j'ai entendu Bree O'Shoffour dire à ses clients : « Ça m'est égal si un fantôme a contribué à l'écrire. *43, rue du Vieux-Cimetière* est la meilleure histoire de fantômes que j'aie jamais lue. Je meurs d'impatience de lire la suite ! »

Rien ne pouvait plus me ravir que d'entendre cela, les garçons. Rien ne pouvait plus me ravir… Et vous savez ce qui est le mieux dans tout ça ? C'est que je ne suis plus obligée de hanter cette vieille maison. Je peux enfin retourner à ma tombe et reposer en paix. Vous n'imaginez pas à quel point il est fatigant de hanter une maison.

Quelques petites choses avant que je parte :

Ignace, puis-je vous suggérer d'utiliser cent mille dollars des revenus de notre livre pour rembourser l'avance que Sandy Page-Haller vous a faite pour ce stupide livre de la série du *Dompteur de fantômes* ? Je pense aussi que vous devriez envoyer trois mille dollars à Fred Dossier pour la location de ma maison pendant l'été, ainsi que dix mille dollars supplémentaires pour vos divers frais juridiques. Comme cela, vous vous sentirez en paix avec vous-même, Ignassou.

Lester, je veux que tu dépenses autant d'argent qu'il le faudra pour transformer le deuxième étage en atelier d'artiste.

Pour ce qui est de moi, j'aimerais juste que quelqu'un entretienne ma tombe. Les fleurs sont toujours agréables mais pas nécessaires. Je sais que vous allez être très pris par vos carrières. Souvenez-vous simplement de moi. C'est tout ce que je veux vraiment. Et soyez gentils l'un envers l'autre. N'oubliez pas que les autres gens sont tout aussi réels que vous. Les sentiments des autres sont tout aussi réels que les vôtres. En fait, ce sont nos sentiments qui nous *rendent* réels.

Je suis contente que vous soyez là l'un pour l'autre. Profitez bien de ma maison. Je sais que vous en prendrez bien soin — comme vous prendrez soin l'un de l'autre.

Bon, je ferais bien de signer avant de fondre en sanglots.

Adieu.

Tendrement,

Adèle

31 août

Chère Adèle,

Ne pars pas. Sans toi, cette maison ne serait plus
la même.

Je ne veux pas vivre dans ton manoir si tu n'y es pas.

Reste, s'il te plaît... pour toujours.

Tendrement,
   Les

Moi (et Mystinoir) en train de te supplier de rester.

IGNACE BRONCHON

SPÉCIALISTE DES MYSTÈRES, DU GRABUGE ET DU MACABRE

ADRESSE TEMPORAIRE

43, RUE DU VIEUX-CIMETIÈRE   **LIVID CITY, ILLINOIS**

Le 31 août,

Adèle I. Vranstock
La coupole
43, rue du Vieux-Cimetière
Livid City, Illinois

Chère Adèle,

Quand je me suis installé dans votre maison,
je pensais faire une terrible erreur. La dernière
chose que je voulais, c'était avoir à garder un
garçon de onze ans et son chat pendant l'été.

Mais, Adèle, vous m'avez montré ce que c'est que
d'aimer quelqu'un à nouveau. Et, maintenant, je
vous aime bien et j'aime bien Lester. Vraiment !
Pour un enfant, il n'est pas mal du tout. Je
commence même à m'attacher un peu à son
espèce de boule de poils. Et qu'est-ce que cela
peut bien faire si Mystinoir me fait éternuer ?
J'achèterai plus de mouchoirs. J'en achèterai
un plein camion !

Et... Euh, comment décrire ce que j'éprouve
pour vous ? J'aime bien le fait que vous claquiez
les portes quand vous êtes énervée. J'aime bien

le fait que vous ayez fait en sorte que Lino
et Inès Perrance (les canailles !) passent un
très mauvais été en Europe. J'aime le fait que
vous protégiez Lester. J'aime le fait que vous
lisiez par-dessus mon épaule quand j'essaie de
travailler. J'aime le fait que vous m'ayez rendu
si enthousiaste par rapport à l'écriture et
à la vie.

Je me surprends à penser constamment à vous
et à me demander si ce que je ressens pourrait
être l'*amour*. Tant pis si ça semble fou. C'est
ce que je ressens.

Je *ressens*. Je ne pense pas. Je ne crois pas
avoir jamais écrit cela sincèrement – vraiment
sincèrement – de toute ma vie. Vous m'avez
appris à ressentir. Vous avez cru en moi.
Comment pourrais-je ne pas croire en vous ?

Et vous aviez raison. Avant de vous connaître,
j'étais mort. Et, aujourd'hui, je suis vivant grâce
à vous.

Je pourrais en rajouter mais à quoi bon ? Ce
que j'essaie d'exprimer est très simple. Je suis
tombé amoureux de vous, Adèle I. Vranstock.
Je vous en prie, ne me quittez pas maintenant.

En homme fou d'amour,

Ignassou

PS : Et si cela ne fonctionne pas, je n'hésiterai pas à jouer la carte de la culpabilité : restez pour Lester. S'il vous plaît, Adèle, ce garçon a besoin d'une mère et il vous adore. Si vous ne le faites pas pour moi, restez pour lui.

PPS : Bien sûr, j'espère que vous resterez pour Lester *et* moi. Voilà que je radote comme un vieux gaga, maintenant.

PPPS : Bon, d'accord, je le dis : Vous, Lester et moi. Ne formerions-nous pas une sorte de vraie petite famille ?

A.I.V.

Lundi 1ᵉʳ septembre

Très chers Lester et Ignace,

D'accord, mes grands fous. Je reste. Mais seulement si vous me promettez tous les deux de faire votre part de travail ici.

Fêtons cela avec un dîner spécial ce soir. Je fais la cuisine. Ignassou, vous ferez la vaisselle. Et, Lester, j'aimerais que tu peignes notre portrait officiel.

Rendez-vous à 20 heures.

Bien à vous, depuis la coupole,

Adèle

PS : C'est bon de se sentir aimée. Merci, mes chéris.

Ma nouvelle famille et moi.

Et c'est ainsi que
nous terminons par
un commencement.

Parce que, en réalité,
toute fin est
un commencement.

On n'a besoin que d'une vieille maison
qui craque de partout...

de tas de livres...

d'un chat...

d'une personne qui veut bien se donner
une nouvelle chance...

de quelqu'un
qui promet
de ne jamais
s'en aller...

et, plus que tout, de...

l'espérance.

Jolie conclusion, Adèle.

Merci, Ignassou.

Fin

(pour l'instant...)

REMERCIEMENTS

L'auteur et l'illustratrice voudraient remercier
les enfants du Wright County Children's Home,
à Norwood (Missouri), et du Chinatown YMCA
et de Cameron House, à San Francisco (Californie),
de leur avoir inspiré ce livre.

Que savez-vous

Une chute à linge permet de faire tomber le linge sale qui se trouve aux étages directement dans la buanderie située au sous-sol.

Les glacières que l'on utilisait à l'époque, avant l'invention du réfrigérateur, permettaient de conserver les aliments au frais grâce à un bloc de glace.

Le pilastre est le poteau qui se trouve à la base d'une rampe d'escalier.

Un monte-plats est un petit ascenseur permettant de faire passer la nourriture et les boissons (et parfois des surprises) d'un étage à un autre.

Une imposte est une petite fenêtre située en haut d'une porte afin de laisser entrer la lumière ou l'air.

de l'architecture victorienne ?

Une coupole se trouve au sommet d'une maison et peut servir de poste d'observation.

L'amortissement orne le plus haut point de la maison à la manière d'une étoile sur un sapin de Noël.

Le gable est le triangle, ou le V à l'envers, formé par les pentes du toit.

Une gargouille est un animal mythologique décoratif sculpté dans la pierre ou le bois et censé protéger la maison — même si on le voit souvent suivre les passants des yeux.

Une « widow's walk » (une promenade de veuve !) est une petite plateforme cernée de barrières au sommet d'un toit.

Dans la même collection

43, rue du Vieux-Cimetière
Il faudra me passer
sur le corps
Kate Klise
Illustré par M. Sarah Klise

43, rue du Vieux-Cimetière
Jusqu'à ce que la morsure
nous sépare
Kate Klise
Illustré par M. Sarah Klise

43, rue du Vieux-Cimetière
Le fantôme hante toujours
deux fois
Kate Klise
Illustré par M. Sarah Klise

43, rue du Vieux-Cimetière
Ça tourne (mal) à Hollywood !
Kate Klise
Illustré par M. Sarah Klise

43, rue du Vieux-Cimetière
Bon baisers d'outre-tombe
Kate Klise
Illustré par M. Sarah Klise

Joe millionnaire
David Walliams
Illustré par Tony Ross

Monsieur Kipu
David Walliams
Illustré par Quentin Blake

Mamie gangster
David Walliams
Illustré par Tony Ross

Ratburger
David Walliams
Illustré par Tony Ross

Diabolique dentiste
David Walliams
Illustré par Tony Ross

Fintan Fedora, le pire
explorateur du monde
À la poursuite du chocoprune
Clive Goddard
Illustré par Irène Bonacina

Menteur, Menteur !
Morris Gleitzman
Illustré par Ronan Badel

Ma meilleure amie
et autres ennemies
Catherine Wilkins
Illustré par Aurore Callias

La Malédiction des cornichons
Siobhan Rowden
Illustré par Mark Beech

La Vengeance des betteraves
Siobhan Rowden
Illustré par Mark Beech

La Folle Balade
de Fennymore Coupure
Kirsten Reinhardt
Illustré par David Roberts

*Madame Pamplemousse
et ses Fabuleux Délices*
Rupert Kingfisher
Illustré par Sue Hellard

*Madame Pamplemousse
et le Café à Remonter
le Temps*
Rupert Kingfisher
Illustré par Sue Hellard

*Madame Pamplemousse
et la Confiserie Enchantée*
Rupert Kingfisher
Illustré par Sue Hellard

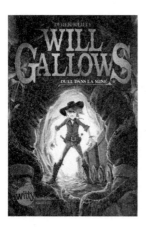
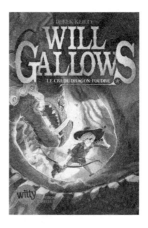

*Will Gallows
Duel dans la mine*
Derek Keilty
Illustré par Jonny Duddle

*Will Gallows
Le Cri du dragon-foudre*
Derek Keilty
Illustré par Jonny Duddle